恋坂通夫 詩集

欠席届

コールサック社

詩集　欠席届

目次

Ⅰ

命輝く季節　10
若狭の人　13
蛍川　16
分かされのくに　19
越前　22
天の声　25
いのち　28
五月　31
空梅雨　34
花の記憶　36
彼岸花　38
日本の猫　41

Ⅱ

夏座敷　46

夢の夢　49
極道の世紀末　52
年賀状　二〇一六年　56
友への返信　59
この日を忘れないために　62
不易流行　64
国体　68
生命　71
貧乏物語　76
野に咲く花　80
サイゴンへの旅　82
孫たちの時代への思い　84

Ⅲ

詩のおくりもの　90
ダ・ヴィンチ君　93

読書感想文的述懐　96
見果てぬ夢　100
祝い唄　104
いいな　106
立春の憂鬱　108
執着　111
罰あたり　114
花と蝶　116
正月　119
青空　120

Ⅳ

冬の蜂　124
雪が降る　126
昔話　129
八度目の酉年　132

唯の人　135
秋　138
胸の痛み　140
大晦日　142
命の花　145
悔恨　148
欠席届　150

証言　吹田事件——朝鮮戦争に反対した大阪の闘い

サヨクの時代の鎮魂歌　154
熱い思い　155
逆コースの時代　157
人民電車、そして吹田への道　161
司法の独立は守られた　165
吹田事件とは何だったのか　166
東アジア共同体の夢　170

資料編

戦争法案に反対する退職教職員アピール賛同者のつどい　176
菅原克己の魅力　179
菅原克己の詩の真実　中林千代子　181

解説　鈴木比佐雄　184
空いている椅子――あとがきに代えて　赤木比佐江　190

詩集

欠席届

恋坂通夫

I

命輝く季節

梅雨だというのに
毎日いい天気
志比谷《しいだに》の六月
花の香と若葉の精が溢れ
命が輝く

カラスのあ太郎が
庭で、お道化ている
垣根にミソサザイが見え隠れ
雀が来て、土鳩が来て
蜥蜴《とかげ》が愛の交換をしている

山の緑が日ごとに濃くなり
植えたばかりの水田が光っている
にんにく、玉ねぎの収穫が終わり
茄子、胡瓜、トマト、ピーマン
豌豆、人参、黒瓜、南瓜
かみさんが育てている

夜の永平寺川は蛍の群舞
明滅する光の饗宴
蛙の鳴く声が溢れ
屋敷は足の踏み場もないほど
子蛙の楽園になる

六月、人の命も輝く
花鳥風月を愛でながら

詩を作るより田を作る方が
よほど楽しい
腹の足しにもなる

嬉しいとき、悲しいとき
余程、腹の立つとき
思いを込めて詩を書こう

若狭の人

佐分利川《さぶりがわ》の流れる若狭大飯町
水上勉《みずかみつとむ》さんの故郷
南川が谷間を流れる名田の庄
川口の雲浜は古河力作《ふるかわりきさく》さんの故郷

勉さんは苦労の末作家となり
「西津の主義者」古河力作は
大逆事件で幸徳秋水と共に処刑された
勉さんは哀悼の思いを込めて力作さんの伝記を書いた

力作さんは青井岬の六呂谷

歓喜山妙徳寺に眠っている
墓はいらぬと言い残して処刑された
この人を知る人は少ない

国民学校の遠足は勢浜と決まっていた
中学校へ通う道も青井を通る
僕らは谷田部のトンネルを抜けて歩いたが
悲しい歴史を知らなかった

青井の山から大飯原発が見える
力作さんは涙を流している
悪魔の火を持ち込んだ者と
受け入れてしまった人たちに

勉さんの故郷若狭大飯町と
名田の庄は平成の大合併で

山を隔てた背中合わせに
一つの大飯町になった

札束と甘言と権力で
弱者を支配する者を憎んだ
勉さんと力作さんの魂は
中嶌哲演《なかじまてつえん》さんに乗り移り
若狭の人たちを揺り動かしている

蛍川

葦の生い茂る川面から
湧き上がる光の明滅
河鹿の声に誘われて
舞い上がり
揺れ落ちる
光の乱舞

草むらで飛翔の時を待つもの
群れを離れて
杉林の梢まで舞い上がるもの
孤独に

あらぬ方へ
彷徨い出るもの

昼を逃れ、夜の世界に落ち延び
素顔を隠して
光の化身になった命よ
懸命に我が身を燃やし
愛を交わす雌に巡り合い
葦の褥で子孫を残すのだ

人の世に似て
群れの中で
作法通り振舞ったのが
首尾よく命を繋ぐのだろうか
夜ごと川べりに立って
明滅する光の乱舞を眺める

越前

志比谷

京善の里

蛍川

分かされのくに

巡査と役人と先生は越前からやってくる
昔から、若狭の人はそう言ってきた

今では、日本中の原発が若狭にやってくる
若狭の人は、小声で、つぶやくように洩らすのだ
貧しさの故に、原発に身売りして
苦界に身を沈めてしまった悲しみと
それをとどめる知事を持てなかった悲しみを

若狭は朝鮮語のワカソ
大陸や半島から、人々が文化を持って往来した

日の当たるところだったというが
私には、日当たりのいい表通りから離された
分かされのくにとしか思えない

昔から、修身の教科書に載せられても
若狭の女は寂しいのだ
若狭の男も寂しいのだ
狂犬に襲われて、全身を嚙まれて死んだお綱
主人の子には、かすり傷一つ負わせなかった
子守り女のお綱は、守墓に祭られている

八村生まれの佐久間勉は
沈んだ潜水艦と共に、従容《しょうよう》として死を迎えた
天皇からお預かりした艇を
無為に、海底に沈めたことを詫びながら
　謹ンデ陛下ニ白ス

我部下ノ遺族ヲシテ窮スルモノ無カラシメ賜ハラン事ヲ
　我念頭ニ懸ルモノ之アルノミ
彼の遺書はいつまでも人の心を打つ
軍神・佐久間艇長となっても
彼は、華々しい英雄ではなかった

若狭は、昔も今も寂しいのだ
越前に住んで、老年を迎えた
分かされのくにの分かされの子は
そう思っている

越前

先祖代々続くつましい食事に、今では肉、魚、乳製品が加わって、越前の長寿を支えている。

夫婦共働き率、世帯あたり所得、貯蓄高、生命保険契約高、自家用車保有台数、平均寿命、出生率、三世代同居率、一人当たり住宅面積、大学進学率、社長出現率全国一、二位を争う。立身出世は家門の誉れ。尾張名古屋に負けず、冠婚葬祭に見栄を張る。息子夫婦が勤めに出て、爺さん婆さんが孫の面倒を見る。休日と余暇に田畑を耕し、山林を守る。機を見るに敏。いつも勝馬に乗り、与党に身を置く、はしかい*県民性。日本中が食い詰めても、ここは最後まで生き延びるのではないか。

春　四月菜の若芽を折って茹でる
花鰹を少々　香りの良い醤油をたらす

ほろ苦さと甘さが五臓六腑にしみわたる
竹の子　ぜんまい　わらび　谷ふたぎも彩を添える

夏　はちきれる紫の茄子　触ると痛い胡瓜の糠漬け
香と果汁のほとばしるトマトを齧る
隠元は胡麻和えに
土用の日を浴びて梅干は香気を放つ

秋　コシヒカリの新米を炊く
里芋の煮ころがし　木の葉寿司　栗赤飯
鰊を入れた昆布巻き
柿　いちじくは食べて飽きることが無い

冬　雪の下から掘り出した大根をおろし
たっぷり刻み葱を入れる
辛味の利いたおろし蕎麦

かぶらの一夜漬けには赤い唐辛子が良く似合う
そして　春夏秋冬
具沢山の味噌汁と煮豆と根菜の煮物
むっちりと焼けたニンニクを食えば
血はサラサラ五体を巡り
精気が甦る

＊福井県の方言／すばしっこい

天の声

山は萌黄《もえぎ》　庭は若葉
つつじは花ざかり
女房は外出　ばあちゃんはふとんの中
暑からず寒からず　空は曇り
雀がきて　鳩がきて
名前を知らない鳥がきて
そして
コーヒーを入れて飲む

土曜の午後　坐して下手な詩を作る
とりとめもなく四十年の来し方を想う

重い鎧を脱ごうともせず
大音声に名乗りをあげ
知事選の修羅場に打って出た友

永年のしがらみを断って
とりあえずの自分の居場所を求めて
外国へ脱出した友

絵を描きながら
空港拡張反対運動を
反骨の人生の締め括りにしようとしている友

定年という節目をすぎて
それぞれ違う途を歩みはじめたように見えて
やっぱり同じ思いを抱いている

重い鎧を着て懸命に生きていたときは
詩など思いもしなかったのに
年をとって　手なぐさみをしている

詩を作るより田を作れ
しきりに天の声がする
これでも老人三人暮らしの大黒柱のつもりなのである

いのち

床板を張り替え、青畳を入れる
何にも無い部屋に寝転ぶ
藺草《いぐさ》の香りと谷間を吹き抜ける若葉の風
忘れていた究極の贅沢です

家具、什器、衣服、本、電化製品
移した物は捨てられないが
戻せば元の木阿弥
しばらくは、先送りするしかない

田んぼはおたまじゃくしの氾濫

トノサマガエル、アマガエル、モリアオガエル
やがて畑も庭も子蛙で溢れ
足の踏み場も無くなる

庭の楠木のテッペンでは
鳥が子育て中
つがいで、交代しながら餌を運ぶ
隙を見て猫の餌も横取りする

猪、熊、狢《むじな》に続いて
猿が在所に下りてくる
白昼堂々のお出まし
貫禄に負けて、老人たちは声も出ない

先祖代々、ここで命を繋いできた
彼らこそ土地の主で

いのちの輝きを贅沢に味わっている
そんな気になる六月です

五月

嘘つきの僕に
閻魔《えんま》の舌切りが告げられ
逃げるように
東京の閻魔本庁に直訴した

江戸の閻魔は
悪質ではないと言って
執行猶予にしてくれた
閻魔にも慈悲はある

犯した罪は無くならないが

お前の様な悪人でも
今しばらく生かしてやろう
感謝して生きよと諭された

僕も連れ合いも
子や孫が首都圏暮らし
日替わりで四人にあった
愛おしい時間だった

優しい孫も、はや二十六歳
保育園の保母さんになった
子供が可愛いと言った
自分も良い人に巡り合えますように

価格競争で疲弊する会社
息子たちも疲れていた

ゼロ成長時代にふさわしい会社に
変わるのはいつのことか

十日ぶりに帰った故郷は
緑と花の香りが待っていた
代掻《しろか》きを終えた田に蛙の合唱
つかの間、安らぎの五月

空梅雨

今年は雨が降らない
野菜の水遣りが大変だ
庭の櫟《くぬぎ》の木が枯れてしまった
大事な古木だったのに

野菜の収穫をしなければならない
ニンニク、玉ネギ、ジャガイモ
さあやろうという気力が湧かない
ニンニク千五百株は植え過ぎです

今朝は庭に蝶々が乱舞し

雀が豌豆を食べに来た
菖蒲、立葵は満開だ
畑に水をやるとカエルが飛び跳ねる

詩集でも出したらと
朝ご飯を食べながら妻が言う
そうやねと言ったが
しばらく先のことになりそうだ

遠い先や広い世間の事よりも
野菜を刻む妻の笑顔や若葉の庭や
生き物たちの姿を見ていたい
重い理屈は脇に下ろして

花の記憶

梅の実が、梅雨に濡れている
下枝の蔭に隠れて、身を固くして並んでいる
ほんのり、はじらいの色を浮べた初夏の少女たち

青くて痛い胡瓜よ
尻に黄色い花の記憶をとどめてはいるが
一夜にして変身する
お前は、どうして、そんなに生き急ぐのか
天狗の手のひらのような若葉に包まれ
枝という枝に、ぷつり、ぷっくらとふくらむ

堅くて青いオッパイの群れ
もぎ取ると、白い乳の涙を流す
花も咲かさず、豊満な乳房の秋を待つかのような、無花果の実

梅鉢の紋様をちりばめた
薄い黄色の棗《なつめ》の花
若葉と痛い刺《とげ》に守られて、けなげに咲いている
花の蜜を小蟻が吸っている
花には虫がよく似合う

女の唇のようなオリーブの葉
天の滴を受けるが如く、仰いでいる
深い緑の葉を手折ると、豊潤な香をはなつ
一本だけ植えたため、実をつけることもできず
盛りの時を過すオリーブの樹よ
傍に、つれあいを植えてあげよう

彼岸花

山裾の大きい岩陰に
杉と欅に囲まれて
亡くなった妻の先祖代々の墓がある
僕の先祖代々の墓も並んでいる
落ち葉と木の枝の掃除に汗を流す
何時まで続けられることだろう

東武東上線で武蔵野台地を走り
ようやく山影が見え始めた所に
再婚した妻の実家があった
老いた兄嫁と甥御さんだけの暮らし

九人いた兄弟も三人になり
墓のある菩提寺は無住になっていた

妻の前夫のお墓参りもした
妻と息子さんと僕と三人
政治の革新に生涯を捧げた
「徹真清道信士」に合掌した
お昼を食べた鰻屋は
看板に偽りの味だった

コオロギが鳴き始めた頃
家を貸す話をしたが
借りたい方も貸したい方も
先立つものが足りなくて
お墓を四つ参り終えて
彼岸花の咲く頃

話も消えた
彼岸花　奇しきご縁の墓四つ

日本の猫

豪雪の冬
二メートルの雪の底で
野良猫二匹棲みつく
行き場のない難民

キャットフードと猫まんま
干物の頭、だし雑魚
料理の残り物
なんでも食べた

きじとらの黒は

貫禄があって美形
育ちのいい貴公子の様だが
根性は悪い

仲間の野良を威嚇し
噛みつき、傷を負わせる
餌をくれる僕らにまで
唸り声をあげて威嚇する

茶色の赤は貧弱で
尻尾は半分切れていて
いつもどこかに傷がある
お前は不幸な星を背負っている

半年たつというのに
黒も茶色も僕らに懐かない

黒は威嚇し、茶色は逃げる
人を信用していない

こんなことは初めてだ
骨の髄まで人間不信
愛も誠も理想もない
人の世の姿を映しているのか

II

夏座敷

明治の家明治の風の通りけり

猛暑の夏
四方を開け放った明治の家
座敷を通る明治の風
築一九〇五年（明治三十八）の家も
やがて来る終わりを予感しているようだ

夏選挙候補も支持者も老いにけり

町議選、良識派は六十代後半

みんな当選したが
翼賛議員、右派議員が多数
護憲派老人が動ける時間は
何年残されているのだろう

腹出して兜太秩父の地に還る

硬骨の俳人・金子兜太逝く
アメリカの潜水艦に沈められた
日本の輸送船に集まる無数の青鮫
若き日の過酷な体験を語り
護憲を貫いた人だった

万緑に吾も病も一休み

万緑の志比谷で酷暑をやり過ごす

持病は進み、痛みもあるが
手術はお断りして
病とも、付かず離れず
やり過ごせないものか

夢の夢

もう六月
一年が半分過ぎた
在所の役も終わったので
近所と友達にだけ挨拶して
今年は千葉で正月を迎えた
それも昨日の様だ

時が駆け足で過ぎてゆく
一年を十日で暮らすいい男
いや
一年が二日で過ぎるただの歳

になってしまった

あべ政治
ゆるさない
と色紙に書いて
戦争法に反対する運動を励ました
硬骨の俳人が
百歳まではただの歳と
自らを鼓舞する句を書いた

私もそう呟きながら
世の中の潮目が変わる時代に立ち会い
夢の続きを追ってゆきたい
ドラマの筋書きは決まっていないが
人間の英知が救いをもたらすだろう

そして、ある日
良いドラマを見た余韻に浸りながら
家族に面倒をかけないで
ぽっくり往けたら
夢の夢

極道の世紀末

〝高い山から谷底見れば
　瓜や茄子びの花ざかり〞
三味線の淫声にひきよせられて
初めて習った唄の風景は
今も謎のままである

意味もわからず
唄を唄っている悲しさよ

海のむこうでは　女好きの政治家が
　〝不適切な関係〞という
適切な言い廻しを工夫したが

わが日本国では
〝金融システムの安定〟というセリフが
国民を煙に巻く呪文がわりに使われている
こうのべつ幕なしに聞かされては
神経がもたない

銀行とは金貸しのことであるというのは
昔の話であって　今では
丁か半かのサイコロ勝負にうつつをぬかす
バクチ打ちというのが本当のところである

まっとうな正業を嫌い
一攫千金のバクチを好む彼らに
公金六十兆円をつぎ込んで
ニューヨーク、ロンドン、フランクフルトと
世界中の賭場《とば》で

デリバティブという名の
大バクチを打たせようという日本国政府は
極めつけの極道である

カジノ資本主義の世紀末
バクチで損した金は
バクチで取返すしかないとは言うものの
海千山千の海の向こうの博徒に
親方日の丸の甘ったれが
勝ってくるとは思えない

元も子も無くなって
とことん行詰まったその時は
アメリカの五十一番目の星になる

世紀末の従属国日本では

何を言い出す輩がいても
不思議ではない

意味もわからず
呪文を唱えている悲しさよ

この情けなさに較べれば
福井の街角の看板は
言語明瞭　意味明瞭

> この場所で立小便を禁ずる
> もし立小便を発見した時は
> 軽犯罪で告訴します
> 照見観光
> 吉末商事
>
> 

赤い鳥居も二つ書いてある　明日への希望が湧いてくる

年賀状　二〇一六年

日溜りの四つ角明るい方へ行く
永平寺九条の会がなかったら
うつ病になっていたと思うと挨拶
九条の文言を木の看板に大書して
玄関前に掲げた硬骨の人
謡曲、民謡、一人芝居
宴会でみんなを楽しませてくれる優しい人

車道の吾　歩道の少女と行進する
昨年夏、永平寺九条の会に出合い
デモというものに、初めて参加したという人

わが父の放ちし弾が逸れたるを
生徒らの声を聴くが務めと正座する
九条をかざす資格の我ありや
地域おこしに情熱を注ぐこの人は
年末、第九の歓喜の歌を歌っていた

食道がんも安保法制、戦争への道も
ネガティヴに考えがちですが
無くしてしまえばいいじゃないかと
明るく考えることにしています
医師の許しを得て、お神酒も始めました
声は出なくても心は伝わる
気は優しくて力持ちの人が語りかける

憲法の魂《こころ》は九条の文字にあり
孫子に伝えむ非戦の誓い

みちのく赤鬼人さんからの便り
弁護士として忙しい日常の中で
義に感じて国政選挙の候補となったり
詩を書き、鬼剣舞《おにけんばい》を舞って
人々を楽しませようとする情の人
睡眠時無呼吸症候群と診断されたという
快眠の日々が訪れますように

友への返信

面従腹従
身も心もあなたに捧げます
踏まれても蹴られても
あなたの傍を離れません

面従腹背
あなたに捧げる振りはしても
操は捨てたくありません
弱い私の生きる術

面背腹従

あなたに逆らう振りはしても
それはあなたを救うため
決して私を捨てないで

面背腹背
あなたが行いを正さない限り
たとえ力は小さくても
手を携えて抗います

傲り汚れた旦那は
やはり旦那のままだが
面背腹従の輩の厚化粧が剝げ
面背腹背が評価されたのを良しとしよう

道義や愛国を説く旦那だが
旦那を操る大旦那がいて

ジャパンハンドラーが陰で蠢いている
この手も振り解かなければならない

思いを同じくする友人たちの
苦渋に満ちた便りに
僕はようやく返信を書いている

この日を忘れないために

二〇一七年六月一五日、早朝
治安維持法が復活した
テロ対策と偽りの看板を掲げ
組織犯罪処罰法改正と名を変えて

人の内心を罰するという
神にしか許されない行為を
時の政府に与える悪法
自由な言論を委縮させる
警察国家への道

日本会議には神罰を
自民党には天罰を
公明党には仏罰を
維新の党には地獄行きを

不易流行

つまらない映像に敬語をちりばめた
生誕予告編の氾濫に辟易して
日曜版の集金に出かける

あら　いらっしゃい
今お生まれになったそうよ
内親王さまですって
どららでも良いですよね
おめでたいことですもの

ああ　そうですか

私は　このニュースになると
　テレビを切るのです

優しい奥さんの弾んで流れる話の腰を折ってしまう

その足で　山の上の図書館へ
いつも閑古鳥の鳴いている館内に
背広の男が右往左往
馴染みの司書さんに　何かあるのですかと尋ねたら
御誕生を祝って日の丸を掲げる準備ですという
そう言えば顔見知りの教育委員が
旗を持って玄関に向かうのが見える

　親戚でもないのに　なんで大騒ぎするのでしょうね
又も余計なことを言ってしまったが
彼女はにっこり笑った

夜になって街の遺族会長が来宅
よそに較べて　この在所の
護国神社御鎮座六十年奉賛金の集りが悪いので
未拠出の会員から私が直接集金したとの話
そこで　靖国・護国神社の行末を話し合う

遺族会・軍恩連盟・傷痍軍人会・満州開拓団・隊友会・海友会…
いずれも先が見えています
老齢化し鬼籍に入る人が増え、やがて消滅です
氏子のいなくなる神社に未来がある筈がないから
無理に金を集めて延命を図るより
改革の話を進めたいものです

とは言っても　これはここだけの話
こんな話が通用する世界ではないのである

それから数日後
国会では全会一致で「賀詞」を決議
　おめでとう
これで憲法は守られた
日本は安泰です
老人は頭を切り替え
大根を洗うことにした

国体

我が国は万世一系の天皇が
現御神《あきつみかみ》として永遠に統治される国です
わが国体は外国とは違って
天皇を戴く一大家族国家です
億兆心を一にして
忠孝の美徳を発揮しなければなりません

僕は、早く大きくなって
兵隊さんになって
お国のために尽くしますと
作文を書いていた

国民学校六年生の時
日本は戦争に負けたので
僕は死なずに済んだ

騙した者も騙された者も
時局に悪乗りした者も
戦後は戦争だけは御免だと言っていた
民主主義の日本になって
神様ではなくなった天皇は
国民のために祈り、寄り添う
象徴天皇像を作り上げた
おかげで、君民一体の
「草の根の天皇制」が甦った

福井国体に皇族が相次ぎ来県
役場から歓迎のお達しが来た

但し、二階以上の高い所からは
歓迎を慎むようにと書いてある
転落等の危険があるのでと
姑息な言い訳が添えられていた
現代版「神の国」を遺して
僕と同い年の平成天皇は退位する

生命

生命

梅が咲き　山茶花が散り　四月菜はほろ苦い
在所で独り暮らしの男がひっそり死んだ
痩せて小さい男の顔と娘や息子たちの命の輝き
今満開の桜の下で人は暮らしに忙しい
花曇の昼下がり　狸が庭を歩いている

若葉

若葉の氾濫の蔭で
椿の濃緑がうす汚れている
色褪せた花が散ることも出来ずしがみついている

また始まったのう
なんもしとないの
蓮華の咲く田の脇で
年寄りが話している

花

桜が美しいとは思えない
うっとうしいのだ
群がって同じ花が咲く花壇も
チューリップ畑　コスモス畑などというのも
好きではない
冬枯れの枝に咲く
白い梅の花が良い
雪をかぶった生垣の緑を彩る
山茶花の紅が好き

皐月

新緑の匂い　朝の空気が五体を包む
ひふが精気を吸い
指先から内臓まで香が満ちる一瞬
老軀に二八の春の朝立ちが通り過ぎる

仏様

死者の顔は安らかに眠っている
好きで一緒になった夫が旅立って七日
後を追うように妻が逝く
死にたいわけではないが羨ましい気もする
　うなじのいい人やのう
在所の人らが喋っている

欲に手足のついた生き物が仏になる
若葉と生命輝く季節に死ねたらいい

狸　貉　白鼻芯

狸はイヌ科
貉《ムジナ》はイタチ科
白鼻芯《ハクビシン》はジャコウネコ科
鼻から額にかけて白い毛がある
ずんぐりむっくり尾は太く短い
夜行性という割には昼間から人前を闊歩している
京善の里が彼らの桃源郷になって久しい
今日は子供が玄関を入って私に擦り寄ってきた
里で生まれた二世はもう山へは帰れないだろう
類は友を呼ぶ
やがて京善は狸　貉　鹿　猪　熊が闊歩するサファリになり

人間が遠慮がちに暮らす里になるのだろうか

革命

寄らば大樹の陰　長いものには巻かれろ　出る杭は打たれる
物言えば唇寒し　泣く子と地頭には勝てない
万世一系の神を戴く美しい国は語彙も豊富だが
革命という文字だけは翻訳語のままである
天命が改まっても同じ穴の狢が取って代わる
選挙の度に貧しい庶民が大樹の陰に集まる
殖産興業　富国強兵の呪文をかけられると
理念も常識も危険思想に見えてしまうようだ

貧乏物語

貧乏はつらい
蓄えはない
かじる脛はない
良い働き口もない
詐欺、恐喝、盗みの類は犯罪だから
残るは借金しかない
そして、ローン地獄に落ちて
破産する
庶民はつらい

国の財政はどうか

赤字になっても
国債を発行すればいい
これを日銀に買い取らせ
期限が来たら借り換えする
これを永久に繰り返す
面倒なら
元金返済無しの永久利付債に転換する
国債は市場から消えて無くなる
借金など無かったのと同じだ
禁じ手だが、背に腹は代えられない
窮余の策として認めよう
欧米の左派、リベラル派が
軒並み求めている政策だから

無から金が生まれる
打ち出の小槌で作った金を

福祉、医療、子育て、教育につぎ込めば
　保育園落ちた、ニッポン死ねと
悲痛な声を上げなくてもよくなる
庶民の懐が温くなって
消費が増え、景気が良くなる
雇用が増え、賃金が上がり、税収も増える

だが、残念ながら国の政策が良くない
せっかくのお金を
儲かっている企業や金持ちへの減収
国土強靭化などと言って
土木中心の巨大公共事業につぎ込んでいる
規制緩和と称して、非正規雇用を増やし
福祉切り下げと民営化で国民を貧しくしている
そのうえ、消費税増税だ
アクセルとブレーキを一緒に踏んでいる

金の使い方が間違っているから
アホノミクスと言われるのだ

七月の参院選で野党を勝たせ
次の衆院選で自公と補完勢力に引導を渡し
戦争法とアホノミクスを転換しましょう
日本から貧困をなくしましょう
立憲主義、平和主義を守り
政治に良識を回復しましょう

野に咲く花

鳩を守る鷹と
鳩を食う鷹があるように
貧乏人や差別されている者を
守る弁護士と
お上や金持ちや大手の会社に雇われて
弱者を黙らせる弁護士があっても
不思議はないが

この世で貧乏人の味方をして
得することは滅多にないから
鳩を守ることを生甲斐にする

弁護士などというものは
やはり闇夜の提灯とでも言わねばなるまい
よほどの純情者か
へそ曲りか

サイゴンへの旅

街はホンダの洪水
立ち並ぶ日本企業の看板
裸足で遊ぶ子供たち
物売り　乞食　屋台店
清楚なアオザイの娘
贅肉のない　しなやかな肢体の若者たち
外国の支配を拒み続けた誇り高き民は
数え切れない負の遺産に耐えながら
エネルギーを爆発させている

肥った豚と言われようが

痩せたソクラテスでいるよりましだと
対米従属に甘んじている国の旅人は
想像力だけは痩せてしまったのか
ベトナムは貧しいねなどと言っている

孫たちの時代への思い

時ならぬ四月の雪
天皇の代替わりと共に
時代が変わるという神話
日本国策報道協会を筆頭に祝賀報道の洪水
お言葉にすすり泣く人々や
如才なく歓迎して見せる人々
日本は今も天皇を戴く神の国
権威に従う事大主義の国
旗のなびく方へ集団で走り出す人々の国
黒船襲来が無ければ変われない他力本願の国

天命が変わると王朝が変わる
これが革命だが、日本は古代に天を消し
天皇が天に成り代わった
おかげで天皇家はご安泰
革命も無くなったが、理も正邪の判断も無くなった

国政は「日本会議」安倍内閣
東京は「小池、希望の会」都政
大阪は「大阪維新」府、市政
いずれ劣らぬ右翼行政

僕が国民学校六年生の夏
日本は戦争に負けた
新しい憲法が生まれ
天皇は神様から人間に戻り
国民が主人公の民主主義の国

国家が人権を侵さないよう
個人の尊厳を大切にする国
戦争をしない平和主義の国になった
そう思ったのは幻想だったのか

世界で一番、企業に都合のいい国
労働者を低賃金で使い捨てにする国
法人税、金持ち減税の穴埋めに
庶民に重い消費税を上げる国
福祉を削り貧富の格差を広げる国
それもこれも自己責任と突き放す国
美しい国、日本の伝統を誇り
愛国心を呼号しながら対米追随を深める国
弱者にしわ寄せするしか方策を持たない政治

この流れに一票を投ずる人たち

とりわけ、若い現役世代が多いという
これから三十年後、二十一世紀半ばの日本に
僕らの世代は居ないか、現役を退いている
そこでは、今の四十代以下の世代が社会の中枢を担う
連帯して社会を良くするという夢を持てず
手を携えて、権利を守る経験を持てず
権力の定めた自己責任神話に縛られ
孤独な生き残りを強いられている世代
このままで、孫たちが担う日本を想像したくない

緑に包まれた美しい自然
豊かな富と文化の蓄積
優れた技術と優しい国民性
良い国になれる条件が揃っている
足りないのは政治の新機軸だけだ
富の分配の不平等是正と

アメリカ追随からの脱却
全方位外交の先に北東アジア共同体を展望する
アジアには発展の夢が残っている
影の薄い、没落する日本にならないために
僕らの世代が果たせなかった課題

逆風はあっても、野党共闘が進み
政治を変える取り組みが進んでいる
これが僕らの若い世代への罪滅ぼし
権威に迎合せず、自由にものが言え
若者が仕事と夢を持てる社会にするために
残された時間は少ない

Ⅲ

詩のおくりもの

詩集出版を祝ってあげようと
高教組の仲間が祝宴を開いてくれた
おかげで二十数年ぶりの
懐かしい顔ぶれに会えた

世間では詩集を贈られるほど
迷惑なことはないと言われているのに
祝宴まで開いてもらって申し訳ないと
僕はお礼を言った

ただ、この詩集がきっかけとなって

同じ時代を生きた仲間の胸に
会って思いを語りたいという
熱いものが生まれたことに免じて
お許しを頂きたいと挨拶した

詩集を出すことにどれほどの意味があるのか
ためらった末の出版だったが
今は出して良かったと思っている
詩集のタイトルは
「花は咲くことのみ思い」にした

与えられた命をひたすらに生きる
命の健気《けなげ》さ
命の切なさ
命の儚さ
命の罪深さ

秋の日差しを浴びて歩く
わが身の影が延びる
金木犀の香りが漂う
「世界の中心で輝く日本をとり戻す」
この傲慢を棄てさせなければと思いながら

ダ・ヴィンチ君

蛙の声が青田を流れる
囲炉裏を復活したらと友が言う
唯でさえ、古民家の維持に苦労しているのに
余計な出費はまっぴらだと思ったが
レオナルド・ダ・ヴィンチみたいな友人は
心配するな、すべて僕がやると言うのだ

かくして復活工事が始まったが
ダ・ヴィンチ君も年を取った
体が言う事を聞かない
翔篤住建の青山さんにお出ましを願う

部屋を壊し、縁板を剝がしたら
囲炉裏の土台が顔を出した
一九〇五（明治三八）年の姿そのままに

囲炉裏の枠に使う欅の板は
廃業した製材所から貰い受けた
囲炉裏を漆喰で成形し、床の補強と張替
青山さんが紅殻と柿渋で入念に塗装し
なんとか、周りに馴染ませてくれる
年代物風の自在鍵もぶら下げた
八月初め囲炉裏復元工事完了
猛暑、蟬しぐれの中で

蛍を見る会には間に合わなかったが
残り少なくなった人生
気の置けない仲間や在所の人たちと

囲炉裏を囲むのも悪くはないだろう
まずは永平寺九条の会の仲間が
蕎麦打ち会でお披露目をする
ダ・ヴィンチ君のモクズ蟹
豪傑君の鮎を添えて

蟋蟀《こおろぎ》の鳴く声が溢れる
まるで蟋蟀のくにに居るようだ

読書感想文的述懐

学校出てから五十年　半世紀ぶりに集まろう
遠方の友から電話あり
世間のために脛の毛一本抜くのも億劫になりながら
意識の底に革命というユートピアが沈んでいる

革命というものがあった頃の革命の英雄の伝記
「マオ　だれも知らなかった毛沢東」を読む
エドガー・スノーやアグネス・スメドレーの描いた姿の陰画である

この世界は人間も物もすべて我のために存在する
我々は自己に対してのみ義務を負うのであって他人に対する義務は無い

吾は吾の知る現実に対してのみ責任を負う
過去も未来も吾の関せざるところである
吾はただ自己の陶冶《とうや》にのみ関心を持ち
自己の欲求を抱き　それに則って行動する
良心は快楽主義に反する
殺すなかれ　盗むなかれ　姦淫するなかれ　中傷するなかれ
戒めが自己の良心と軋轢を生ずる場合は　良心など省みる必要も無い
戒めは良心に由来するものとは考えない
これは身を守るための利害の観念から生じたものに過ぎない
すべての配慮は純粋に自己のための計算に基づくべきものであって
外的な道徳律や責任感に基づくものであってはならない
制限　抑制を一掃して　己の衝動を存分に発揮する
これは英雄　豪傑にのみ許される生き方である
マオの倫理観の中核に絶対的自己中心性と無責任が沈んでいる
天地のある限り大戦は続き　収束することはないだろう

孔子の言う大同の理想社会は錯誤である
長期にわたる平和は人間にとって耐え難いものであり
平時においては潮汐のごとく騒乱の波を起こす必要がある
人間の本性は激動の変化を好むのである
生から死への変化は最大の動乱を経験することである
素晴らしいことではないか
人民が死ぬことは問題ではない　むしろ祝うべきことである
世界全体　宇宙まで破壊され再建されなければならない
動乱と破壊に対する限りない嗜好
師範学校生　毛沢東二十四歳の論文の中に
彼の人格の中心的要素とその後六十年の統治の特徴が現れているというのである

外国の植民地支配を一掃して中国の民族独立を達成する
封建的地主と買弁資本の搾取から人民を解放する
そのため蔣介石の国民党との内戦に勝利する
ソ連　アメリカ　西欧諸国すべてから援助を引き出しながら言いなりにならない

高く掲げた理想と徹底した現実主義
民主主義　自由　平等　友愛などというものは
我々の政治的必要性に応じて概念として展開するだけでいいのだ
彭徳懐はそういうものを本物の理想として説いているという彼の言葉に
毛沢東の真骨頂が表れている
二十四年間の奪権闘争の末　一九四五年　五十一歳で党の最高位に就いた彼は
中国共産党のスターリンとなった

日本国には革命の英雄　独裁者はなじまない
本物の理想郷　ユートピアを意識の底に沈めながら
万機公論に決すべし　和をもって貴しとしよう

"MAO The Unkown Story"　Jun Chang　Jon Halliday
『誰も知らなかった毛沢東』　ユン・チアン　ジョン・ハリデイ
土屋香子訳　講談社　二〇〇五年

見果てぬ夢

アーちゃんが再婚した
六十半ばを過ぎて　一回り以上も若く
美人で情のあるとびきり上等の女性と結ばれたのだから
これはもう果報者と言うしかないだろう

ニコチンとタールの強いタバコを好み
酒を飲み　大声でしゃべり
選挙に出たのはいいが
車を飛ばし過ぎるので
運転はしない方が良いと言うことになって
今は自転車をこいでいる

根性と仕事の基本が出来ていないと
若い者のだらし無さを嘆いたかと思うと
マスコミへの対応が下手だと代々木へ意見をする
そして　俺は百二十歳まで生きると言う

天高く舞い上がったまま地上に降りそびれ
下世話な世間のシガラミと一緒に
色も恋も捨てたのではないかと心配したが
こちらが気づかないうちに
彼女と同居に及んでいた
げに
遠くて近きは男女の仲である

アーちゃんは労働組合の元締めで
大衆運動のリーダーだから
彼女と世帯を持っても　ゆっくりくつろぐ暇がない

夜の会議が終わって帰宅するのは十時を過ぎ
一杯飲んで寝る頃には日付が変わっている
これで五臓六腑が悲鳴を上げないのは
医学の常識を超えている

去年は二回り以上も若い異国の女性と結ばれて
海を渡った友を祝福し
今年はアーちゃんの再婚である
何故か私の周りには
老いの感覚が麻痺した男が多い

生き方は不器用だが　どこか優しい男たちよ
人の事ばかりして来たのだから
少しは良いことがあっても罰は当たるまい
老化感覚麻痺症候群のまま
今世紀半ばまで生きてくれ

その時アーちゃんの遺伝子は
不摂生の限りを尽くしてなお
百二十歳をカクシャクと生きる
脅威の生命力の故に
世界中の企業に高値で買い取られ
その金で地球上から貧困がなくなる
かくして生涯の夢は完結する

おめでとう

祝い唄

淋しい男と
寂しい女が
めぐり逢い
八十の老婚
今日はみんなでお祝いだ

猪鍋と赤飯
筍と鰊の煮物
刺身に野蕗の煮つけ
韓国の味・キムチにナムル
おいしい手料理を並べて

おめでとう、宮大工の棟梁
金儲けは下手だったが
いい仕事を残したあなたに
歌声で僕らを魅了する
いい連れ合いが出来ました

いいな

外国旅行も
美味いものを食べに行くのも
山登り、魚とり
なんでも人の話を聞くだけ
自分は行けない
そして、いいなと言う

五人も働いているのに貧乏で
その上暇もない
給料だけでは食べられないので
田んぼを八町歩も作り

それでも食えないので
檻で猪を捕獲している

捕えた猪は槍で突く
時々肉を頂くが
汗と涙の味がする
サラリーマンなら
とっくに定年を過ぎたのに
愚痴も言わず、一家あげて
大義の旗を立てて歩いている

早く楽にしてあげたい
そう出来たら
本当にいいな

立春の憂鬱

立春　快晴
雪は固く締まって
アルミスコップの歯が立たないが
早春の気配
生きていると思える日

連れ合いは雪の間
小鳥とカラスに餌を運んだ
孫の代わりに可愛がるのだと言いながら
カラスに「アタロー君」と呼びかけると
カーと答えるようになった

家の中に蟄居していた老人が
表に顔を出す
隣近所や親せきにも
遠慮で、たびたびは
行けなかったと言いながら

在所では「ふれあいサロン」と
月二回の「お講さま」が
年寄りの憩いの場になっている
念仏の後の世間話が弾むのだが
まだ老人になり切れないでいる

若い世代以上に
老人の間にも格差が広がり
中流が下流に転落している

格差を縮める政治の道筋を
分かりやすく語れないのがもどかしい

お上に盾突くことなど考えたこともない人に
共謀罪の恐ろしさを解ってもらうのは難しい
「アタロー君」いい知恵を貸してくれ

執着

執着を捨てる
本、家具、布団
服、家電、什器
思いが残って捗らない

写真、先祖の着物
暮らしの匂いがこもった道具たち
子供たちの絵や習字
ラブレターはそっとそのまま

戦後の量産品は捨てたが

明治、大正、昭和一桁が残る
執着を断ちがたい
自分の性に悩んでいる

家はアトリエ、画廊
喫茶に生まれ変わる
家財道具を取り払った家は
広々として静まっている

明治の家は寛いでいるのか
終わりの予感を嘆いているのか
最後の幕引きを託された僕らは
故郷を捨てる難民の様だ

発車間際の終列車を
辛うじて乗り継いで来たような

人生の終着駅に
時ならぬ四月の雪が降っている

迷い雪明治の家を貸す話

罰あたり

ゴッドと日本の神様は違うと
教えられていたが
バチカンのカソリックの
総本山を拝んで仰天し
行く先々の御本山を観て
度胆を抜かれ

今さらながら
キリスト教という
抜き差しならない重しを
担いできた人間の歴史と
絶望の深さを教えられた

敬虔なクリスチャンの
T先生から
わが日本では明治の後
一番雑用のかからない
安上りの宗教だというので
こぞってキリスト教に改宗した
村があるという笑い話を
聴いたことがあるが
罰あたりな話である

教会に飾られている
聖人たちのお姿を見て
嘘つきの顔をしていると言った
正ちゃんも
大罰あたりである

花と蝶

花が女か男が蝶か　蝶の口づけ受けながら
花が散るとき蝶が死ぬ・・・・・・[*1]

男と女は　イワンの馬鹿の恋をする
この一瞬のため　何度でも恋をする

死に真似をさせられてゐる春の夢

あしゆびをそよがせ涅槃したまへり[*2]

こうして日本では

割れ鍋に綴じ蓋

アングロサクソンの国では

どの太郎にも花子が出来る

Every JACK has his JILL*3

しかし世の中には皮肉な奴がいて

男はずる賢い　女の最初の男であろうとする
でも女はもっとずる賢い
男の最後の女であろうとする

などと　醒めたことを言うのだが

たいていは
　　あなたとは結婚しているだけの仲[*4]
となるまで添い遂げて涅槃に至る

それでも
散る前にあたらしい花に移る蝶
始めとはちがう蝶を招き入れる花があって
涅槃に至る路も一筋ではない

＊1　森進一　花と蝶
＊2　恩田侑布子句集　イワンの馬鹿の恋
＊3　米原万里　他諺の空似
＊4　毎日万柳　福島　粋な雨

正月

子も孫も帰らぬ正月
五十年ぶりの水入らずの初春
神も仏も拝まず
飯も炊かず
雑煮も食わず
口喧嘩もせず
朝寝昼寝をして
去年の残り物と大根の煮しめを食って過ごす
二日にやっと仏壇を開ける
先祖は諦めていらっしゃるようだ

青空

遠き遠き恋が見ゆるよ冬の波
昼寝より覚めてこの世と知りにけり

人悲しめます恋もした
明治生まれの鈴木真砂女《まさじょ》の句

部屋の奥まで差込む陽の光
ストーブから焼き芋の匂い
庭と木の根を覆う苔
山茶花の紅　垣根の緑
里山の稜線のむこう

青空に浮かぶ雲は動かず

寒に入って雪なし

初春から髭剃らず

青空の向うに忘れたこころの記憶

悪相の魚は美味し雪催《ゆきもよい》

Ⅳ

冬の蜂

棒の如く、ひもの如く
ゆらゆら、かたこん
不自由な足を引いて

家の中をうろついているだけで
年が暮れ
年が明けた
失われた三か月

力仕事も家事万端も
世間の義理も

すべて丸投げして
折れた骨がくっ付くのを待つ
松葉杖からサポーターになったのが
せめてもの救いだが
骨はなかなか、くっ付かない

足腰が衰え
体の蓄えが底をつく
貯金が底をつくように
いのちが細ってゆく
ヒモのように
ぬれ落ち葉のように
ゆらゆら
べったり

吾に似て躄《いざり》のごとし冬の蜂

雪が降る

雪が降る
あなたは雪をかく
手伝いをしないで
僕は新聞を読んでいる

雪が降る
あなたは食事のしたく
僕は布団の中で
まな板の音を聞いている

雪が降る

あなたは僕を呼ぶ
ご飯ですよ
僕は熱い味噌汁を飲む

雪が降る
あなたはものを言わない
じっと指を眺めている
僕はただならぬ気配におびえる

雪が降る
あなたはつぶやく
友達も仲間もいなくなって
つまらないと

雪が降る
あなたは静かに止めをさす

この村は寒い狭いうるさい
おまけにあなたは身勝手だ

雪が降る
僕はあわてて雪をかく
茶碗を洗う
あなたは追い討ちをかけない

雪が降って命は輝く
やがて、雪が溶け
村は緑で溢れ
蛙の合唱に包まれるだろう

昔話

誕生日ですねと言われ
我に返った
まだ先のことと思いたかったのだろう
今日であることを忘れていた
少し寂しかった

これで八十年生きたことになる
もう後がない
何かプレゼントしましょうねと
連れあいが言ってくれたが
何も欲しいものがない

寒くなって
少し暇になったら
京都にでも行ってみようか
それとも、いい演奏会があったら
出かけようかと言った

とりあえずは
ケーキでも買いましょうかと言うのだが
遠くまで出かけるのが面倒なので
行きずりのスーパーで羽二重餅《はぶたえもち》を買って
番茶で頂いた

貧乏くさいが
僕にはこれくらいが似合っている
それにしても、何とあっけない八十年か

波も凪も夢もあるにはあったが
それも、仲間との昔話になってしまったのだ

八度目の酉年

転ばぬ先の杖だからと
家族の勧めで
前も後ろも自動ブレーキが作動する
車を買うことになった

娘婿に連れられて
いくつかの車屋を廻ったが
数百万もする大型車ならあるが
小型でこの機能を備えた車は無かった

ようやく探し当てたのが

赤ヘル広島カープのお膝元
マツダの大衆車・デミオだった
八度目の酉年《とりどし》が終わろうとしていた

他社にさきがけ
小型車にも安全機能を充実
テレビコマーシャルに力を入れている
発売は年明け戌年

十一年乗ったスイフトにサヨナラ
新しい車で九度目の酉年まで乗れば
お前は幾つになるのか
生きていたとしても世間が許さないだろう

車といえば車椅子が似合う歳だ
去年今年、風邪をこじらせ

全身倦怠感、脚、胃、舌の痛み
干からびた棒のように横たわって過ごす

自動ブレーキと宣伝しても
低速では役に立たないと
日本一の会社の車を買った人が言っていた
看板に偽りがないことを祈るしかない

唯の人

お金と言って、手を出した
連れ合いだと思ったその女性は
びっくりして、身構え
違いますといった

狭心症の疑いがあると言われ
検査に来た病院の待合室で
連れ合いは席を変えていた
おまけに、保険証を忘れて
この日、家まで二往復した

思い込みが激しい
狂信症かもしれない
ありのままにものを見て判断しないで
思い込みで行動する
原理主義とも言うそうだが
戦後レジームからの脱却を叫ぶ
あの人とも似ている

金子兜太さんに言わせれば
　オリオン出ず百歳までは唯の歳
に過ぎないそうだから
八十、九十は洟垂れ小僧
呆けるのは早すぎる

生きている罪滅ぼしに
少しは世間の役に立ちたいのだが

後の世代にお金も残せず
これといった業績もない唯の人
せめて、自分の心に正直に
嫌なものは嫌
好きなものは好きと言って
自然に生きたいものだ

秋

青空に雲一つ
綿菓子のスラウェシ島みたいな
回り道したら
もう秋です

右の眼が暗い
白内障手術を受けたら
遠くがはっきり見える
昼の光です

左の眼はセピア色

右の眼は昼光色
夏と秋が並んで
映ります

ヘルスメーターに乗ると
肉体年齢六十一歳と出ます
歳より二十三も若い
少しおだて過ぎです

冬が近いと
淋しくなる心に
オムロンの器械が
寄り添ってくれます

胸の痛み

息が弾み動悸を打つと
胸が痛むと友達に言ったら
八十を過ぎて、なんだという顔をされたので
色っぽい話じゃなくて
みぞおちの上が痛くなることがあると言い直した

医者は軽い狭心症の疑いがある
専門病院で検査するようにと言い
家族、友人も検査が怖いんだろう
意気地なしとなじるので
しぶしぶ、造影剤を入れてＣＴ検査を受けた

またも放射線被曝

心臓血圧センターの医師は
血液データ、心肺機能、血管の状態
すべて異常無し
血管は六十台前半の弾力性がある
同い年の天皇は血管に病があるが
あんたは百まで生きられると
うんざりした顔で言った

胸の痛みは
気管、消化器の炎症でも起こるそうだ
何はともあれ、狭心症の心配はなくなった
これも、毎日食べるニンニクと
天皇への距離が遠かったせいかもしれない

大晦日

月の終わりは暗い
光のない闇夜
大晦日ともなれば
真っ暗闇です

どん底から下は無いから
もう一つ寝るとお正月
夜通し灯りがともって
新しい年を待つ

晩年の私に

小さい灯りがともった
時を慈しみながら暮らす
明かりが消えないように

医者には近づかず
持病とは付かず離れず
仲良く連れ立って
天寿を全うできたら

思いは尽きないが
持病は待ってくれない
治療するのか
放置するのか

自分も家族も
晦冥《かいめい》の中を手探り

無明の晦翁
諸行無常と知るべし

贈られた詩集の
お礼状を書き終え
除夜の鐘を聴きながら
新年を迎える

命の花

ほったらかしのサボテンが
白い花を咲かせました
ベランダの植木鉢で
白い花を二つも咲かせました
主のいないマンションで
命の花を咲かせています
咲きたかったのです

口腔癌が進んで
このままでは余命一年と言われ痛みで食べるのが辛い僕だが
医者は手術と抗癌剤で

ギリギリ助かるかも知れないという
舌を半分、左顎の肉も削り
首の左側リンパ節切除
痕に肉を移植する

「ガン放置療法のすすめ」
「患者よガンとたたかうな」の
近藤誠教を信心して
手術を先延ばししてきた僕だが
命の瀬戸際で信心を捨て
科学に身を任せることにした

何のために生きるのかという
医者の問いには答えず
あと十年は生きたいと言った
その年で、よく言うわと医者は笑ったが

生きる意志が確かなら
最善を尽くしますと言った

異例の早さで手術日が決まり
今年のお盆は慈恵医大病院で迎える
花は咲くことのみ思い

悔恨

左口腔底に腫瘍が出来てから
拾数年
近藤誠医師のガン放置療法のすすめ
患者よガンとたたかうなを信じ
結果は命とりになってしまった

痛みに耐えかねて手術にふみ切ったが
手術によってガンがあばれだし
急速にあちこちに転移
打つ手がなくなって
緩和ケアを受けながら

死を迎える身となった

初期に福井大学病院で
手術を奨められたのを断ったのが
すべての間違いだった

近藤誠医師を信じてはならない
現代医学の早期手術こそ
治療の王道と知った

あとは福井へ帰り
済生会病院で死を迎えるのみ
いろいろお世話になりました
痛み止めを使って最後の日を
迎えます

欠席届

このままでは、後一年の命です
今なら、ギリギリ助かるかも知れません
一月も後だったら、打つ手が無かったでしょうと
慈恵医大病院で宣告され
手術を受けることにしました

口腔ガンが進んで
痛みに耐えられなくなりました
食べるのが一番つらい
首のリンパ節にも転移して
耳の奥から首にかけて痛みが走る

目に見えるガンなのに
何故、ここまで放置したのと言われますが
それは、信心にすがっていたからです

近藤誠教です
「ガン放置療法のすすめ」に従い
機能を温存しながら生涯を全うする
年の割には元気なので
まだまだ生きられると思っていましたが
緩やかだったガンの進行は速度を上げ
終末に向けて急坂を転げ落ちるようです

私は信心を捨て
科学に身をゆだねることにしました
獄死しても転向を拒否した先人たちに比べれば
お恥ずかしい話です

八月十四日が手術日です
身体障害者になっても生きなければと
家族や友人に励まされています

命があっても十一月まで帰れません
留守中の手配で疲れました
「水脈」の皆さん、しばらく欠席です

証言　吹田事件

——朝鮮戦争に反対した大阪の闘い

サヨクの時代の鎮魂歌

街の華やぎの中に
戦後が色濃く残っていた
私は貧乏な学生であった
革命への献身という命題と
明日のメシと郷里の老いた両親の暮らしが
いつも　おりのように頭の中に澱んでいた

ブラッド　バンクの前に
青黒い皮膚の血を売る人々の群れが並んでいる
ミドリ十字という美しい名前の製薬会社の前身である
街角に傷痍軍人姿の物乞いが立ち
モク拾いが吸殻を集めていた
週末ともなると米軍キャンプのゲート前には
パンパンが群がり兵隊の外出を待っている
街中に爆撃で焼けた陸軍工廠跡の鉄骨が残骸をさらしていた

大学のキャンパスが米軍キャンプとして接収されていたので
講義は小学校の校舎を間借りしてあちこちに分散して行われていた
高校を出て小学校に舞い戻ったような風景だったが
田舎から出てきた私にはすべてが新鮮であった

四月開講と同時に
サンフランシスコ講和条約、日米安保条約発効反対全学ストライキとなり
民族の自由を守れ　決起せよ祖国の労働者　栄えある革命の伝統を守れ
ヤンキー　ゴーホーム　アメ公帰れ　単独講和反対　安保破棄
校舎を返せ
シュプレヒコールを繰り返しながら
私はデモの中にあった

吹田事件のことを書き残したいと思う。

それは一九五二年（昭和二七）六月二四日夕刻から二五日朝にかけて起こった労働者、学生、在日朝鮮人による朝鮮戦争反戦闘争である。

いや、もっと正確に言えば国鉄吹田操車場の米軍軍需物資襲撃未遂事件である。

当時、東洋一と言われた国鉄吹田操車場は米軍の軍需物資輸送拠点となっていた。

武器、弾薬から食料、燃料にいたるまで、戦争に必要なあらゆる物資は日本で調達されたから、「一時間軍用列車を停止させれば千人の朝鮮人の命が救われる」と言う言葉はあながち誇張ではなかった。

朝鮮戦争勃発二周年記念日の前夜（六月二四日）、事件は大阪府学連主催の「伊丹基地粉砕、反戦、独立の夕べ」という形で豊中市柴原の米軍刀根山基地に隣接する阪大北校グラウンドから始まった。

なぜこの場所が選ばれたかは巻末の地図とこの小文を御読みいただければ容易に理解して頂けるであろう。

私は学生寮（大阪市立大学都風寮）の仲間と経済学部の親友、朝鮮人の安東嘏（日本名松本）君と一緒に参加した。

安東嘏は入学と同時に生活の糧を得るためアルバイトに明け暮れざるを得ない私に、生きる知恵を授け、困ったときに手を差し伸べてくれた心の友である。

寮には、当時の大学細胞の中心メンバーがいた。その頃の大阪は戦後が色濃く残って、極度の住宅不足であった。新婚間もない、兄の間借りしていた部屋に転がり込んで、何とか、学生生活を始めた私に、入寮の門戸を開いてくれたのは彼らであった。

もっとも、この時点では、今夜の集会が重要な意味を持つとはいえ、吹田操車場襲撃を目的とする武装闘争の始まりであるとは誰一人思ってもいなかった。

熱い思い

この集会への参加は私にとって、ごく自然なことであった。朝鮮民族の真の独立の砦である北の共和国がアメリカとその傀儡である李承晩政権の侵略によって危機に陥っている。しかも同胞が殺しあわなければならない悲劇のさ中にある。

何かをしなければという熱い思いがあった。在日朝鮮人の八割以上は北を支持していた。

社会主義に人類の未来を夢見た日本の革新勢力もそうであった。

今の北朝鮮の姿を見れば、若い人達には理解できないだろうが、当時は北が朝鮮民族の未来を示す輝ける星であり、金日成は抗日パルチザン闘争の英雄として道徳的権威をもって見られていた。

ソ連を先頭に中国、ベトナム、北朝鮮、東欧、キューバと社会主義諸国は貧困と抑圧を無くし、植民地の独立を励まし、帝国主義戦争に反対して平和で自由で豊かな社会を作り上げる先頭に立っていると思われていたのである。

日本の敗戦により植民地支配から解放された朝鮮はアメリカ軍の進駐を前に朝鮮人民共和国の樹立を宣言した。しかし、アメリカはこれを認めず、米ソの駆け引きの末、三八度線で南北に分断され、大韓民国（アメリカ支配下の李承晩政権）、朝鮮民主主義人民共和国（ソ連支配下の金日成政権）が作られた。

しかも、双方が朝鮮全土を自らの領土とする武力統一の方針を掲げた。これだけでも、大国の都合による許しがたい悲劇であるのに、日本の支配から解放されてわずか五年にして、同じ民族同士が殺しあわなければならない米ソの代理戦争が勃発した。国連軍の錦の御旗を掲げる米軍指揮下の韓国軍と、ソ連の支援の下に中国人民解放軍の参戦を得た北の共和国軍が、血で血を洗う、同じ民族同士の殺し合いを余儀なくされた。この現実は、在日朝鮮人はもとより、多くの良心的な日本人にとって黙視できないものであった。しかも、この戦争によって、日本経済は空前の好景気に沸きかえった。いわゆる特需景気である。

アメリカ軍は日本の基地から出撃しただけではなく、戦争に必要なあらゆる物資とサービスを日本で調達した。

日本の鉱工業生産はこの戦争によって急速に回復し、ドッジライン後の不況から脱出した。

アメリカの前線基地として国を挙げて協力し、隣国の悲劇によって金儲けをする日本は許せない。贖罪と反戦のため何かをしなければならないという熱い思いがあった。

逆コースの時代

ここで当時の政治情勢を少し補足しよう。

一九四七年、戦後二年にして、米ソの対立は激しさを増した。日本はアメリカの反ソ、反共の前線基地として組み込まれた。占領軍による日本民主化はつかの間に終わり、「逆コース」の時代が始まる。戦争協力者の公職追放が解除され、「神々の復活」が行われる反面、共産党、労働組合などに対する弾圧が強まる。

一九四九年（昭和二四）、中国大陸では国共内戦に勝利した中国共産党による中華人民共和国が成立、日本では総選挙で日本共産党が大躍進して、一挙に三十五議席を獲得した。東風が西風を圧すると呼ばれたように社会主義陣営対資本主義陣営の力関係に大きい変化が起こった。

この年日本政府は「団体等規制令」を公布し、法務省に特別審査局（のちの公安調査庁）を設置、共産党員の届出、登録を要求した。当時の徳田球一書記長ら指導部は登録に協力するという誤りを犯した。登録を拒否したことを口実とする弾圧を恐れたのか、アメリカ占領軍を解放軍と考える認識の誤りが災いしたのか、そのとき登録した十万八千六百九十二人の中から後のレッドパージの犠牲者が出たのである。

首切りはＧＨＱによる日本経済再建のためのドッジラインの一環として強行された。

その内容は、赤字財政建て直しのための超緊縮予算、金融引き締め、一ドル三六〇円の超円安固定為替レートと共に日本歴史始まって以来の大量首切りであった。行政機関職員定員法で政府職員二十六万人、自治体職員四十二万人、国鉄定員法で九万五千人を一気に削減するという滅茶苦茶な人減らしであった。

アメリカ国内のマッカーシズム（赤狩り）は日本では一九五〇年（昭和二五）、この大量解雇に紛れ込ませて、レッドパージとして占領軍によって強行された。

最初に新聞、通信、放送などの報道機関が血祭りに挙げられ、続いて、電産労組や公務員労組など当時の日本の労働運動をリードした組合から共産党員およびその同調者が解雇された。憲法も労働法も無視した弾圧が占領下の日本ではＧＨＱの命によって、超法規的に行われたのである。

レッドパージの犠牲者の数は政府発表でも四万人を超えた。

また、下山、三鷹、松川事件という世にも奇怪な事件が国鉄を舞台に引き起こされ、犯人は首切りに反対する共産党員、労働組合の活動家であると宣伝された。

この事件はその後の粘り強い闘いによって、アメリカの諜報機関によって仕組まれた謀略事件であることが次第に明らかになっていった。

また、憲法九条によって保持できないはずの軍隊が米軍の後方支援、反政府運動鎮圧部隊として警察予備隊の名の下に発足した。

朝鮮戦争の開始前の六月六日、ＧＨＱは共産党中央委員二四人（うち国会議員七人）の公職追放を指令、引き続き、「アカハタ」編集委員十七人を公職追放した。徳田球一書記長らは「臨時中央指導部」なるものを勝手に作って非公然体制に移行、北京に亡命する。こういう中で、一九五〇年六月二五日午前四時、朝鮮戦争が勃発した。六月三十日、マッカーサーは日本共産党の機関紙「アカハタ」に三十日間の発行停止を命じた。こうした状況下で、戦後の労働運動をリードした労働組合のナショナルセンター・産別会議は解体され、占領軍の指導の下に、御用組合として総評（日本労働組合総評議会）が誕生、結成大会で朝鮮戦争支持を決議するにいたる。

しかし、総評はその後急速に戦闘力を回復し、五〇年代から七〇年代にかけて日本の労働者の賃金、権利獲得の原動力となった。当時の労働組合には、無理やり右に捻じ曲げられても、左に戻る復元力があった。一九七九年の総評解体、連合による労働戦線の右翼再編以後、左への復元力が失われ、労働組合が死にいたる病から解放されていないのは、当時を知る者として悲しい限りである。一九五一年、サンフランシスコ講和条約と日米安全保障条約が調印され、翌五二年発効、日本はアメリカの反ソ、反共の前進基地となることによって占領状態から脱却し「独立」する。日本と戦ったすべての国と講和を結ぶべきであるという全面講和要求は無視され、いわゆる、西側諸国とだけの単独講和となったわけである。

今日まで続く日本の対米従属の枠組みの誕生であった。福井県のレッドパージは北陸配電、京福電鉄、信越化学などを中心に五十名が解雇されたが労働組合の抵抗は殆んどなく、極左分子を排除するとして、積極的に経営者側に協力する労働組合が多かった。教員では福井市の灯明寺中学の英語教師であった加藤忠夫が犠牲となった。加藤はその後、様々の辛酸をなめながら、新日本文学会福井支部の活動と共に『ゆきのした文学会』の代表として福井の民主主義文学運動の中心となって活躍した。

嶺南では朝鮮戦争前夜の敦賀松原海岸で、戦争に備えて米軍の演習が行われたが、その際、アメリカ兵による数件の婦女暴行事件が起こった。敦賀高校は臨時休校、市民は戦々恐々であったが、地元の警察は見て見ぬ振りをして泣き寝入りを決め込んだ。

小浜小学校講堂で開かれた政党演説会で米軍の犯罪を糾弾し、泣き寝入りする警察を批判した共産党県委員長・落合栄一、社会党敦賀支部長・山口小太郎は占領軍の占領目的に有害な行為をしたとして逮捕され、その後、大阪の軍事裁判で重労働五年の判決を受け服役した。一方的で屈辱的な判決であった。山口小太郎は五一年、刑期の三分の一で釈放されたが、落合栄一は五二年の講和条約発効恩赦まで獄舎につながれた。

この年、私は高校三年生であったが、マルクス主義の書物や、総合雑誌に登場する進歩的知識人の論文を熱心に読む社会主義青年になっていた。村の駐在所の警官が自宅へやって来て、どんな本を読んでいるか、いかなる団体に所属しているかなどを問い質した。その直後、県庁の労政課に勤めていた兄から、「お前の名がマル共の傾向がある者のリストに入っている。気をつけよ」という手紙が来た。若狭の田舎の一高校生の思想傾向まで当局が目を光らせる、重苦しい自由の抑圧された時代であった。
後に、詩人会議で知り合うことになる日下新介（打方成美）は一九五三年福井大学を卒業するが、その思想と政治活動のゆえに福井県教委から採用を拒否され、やむなく北海道に渡った。彼はその心境を秩父困民党の井上伝蔵に思いを託して「北海道くんだりまで」という詩に詠んでいる。

石をもて追はるるごとく
ふるさとを出しかなしみ
消ゆる時なし

石川　啄木

同志よ
わたしを笑うな　わたしを怒るな
わたしが　時々
「北海道くんだりまで来てしまった……」
と　グチのように言うことを
……

「北海道くんだりまで……」ということは
けっして　この土地がきらいだからではないのだ
わたしは　とっくに　この土地に骨を埋める覚悟
はできているのだ

しかし　同志よ
そんなわたしが思いつづけている執念のようなもの
の
わたしが生まれ　育ち　若い日に目覚め　新しい
人生を歩み始めた故郷の
穏やかな春のこと　夏や秋　冬の季節の　そこに
脈々と流れている歴史
……
同志よ　わたしがこの地にやってきたのは　厳し
い半占領下の時代
今は名誉中央委員落合栄一氏が牢獄から出てきて
ともに選挙をたたかった時代
得票はいつも五千票台　そんな時代
わたしが愛する故郷で教師になることを　故郷の
権力は拒否したのだ

……

私が今住んでいる永平寺町京善（吉田郡志比谷村京善）に生まれ育った川鰭定明も日下新介同様、福井県で教員になる道を閉ざされ、北海道に渡った。

彼は定年後、虻田町に住み、洞爺の自然探訪会、火山ガイドの会事務局長、噴火湾考古学研究会会員、平和憲法を守るための九条の会代表、などを務めながら、地域の歴史について旺盛な研究と著作を続けている。『ウタリとともに　白井柳治郎をめぐる人々』、『虻田有珠のアイヌ物語』に続いて、故郷越前吉田郡志比谷村京善への想いをこめた『定右衛門の二百五十年』を出版した。川鰭家二百五十年の歴史を縦糸に吉田郡一帯の地域史を掘り起こす面白い読み物になっている。彼もまた、私と同じ時代を、同じ志を抱いて生きた人である。

人民電車、そして吹田への道

千人を超えるその夜の集会はいつ果てるとも知らず延々と続いた。終電車の時間はすでに過ぎていた。

日付が変わった二十五日午前零時過ぎ指令が発せられ、われわれ学生、朝鮮人の一団、約七百人は竹やり、こん棒、ラムネ弾を手にしたリーダーに従って、近くの阪急石橋駅になだれ込み、駅長に「臨時電車」をだせと要求した。

阪急側はやむを得ず四両編成の「臨時電車」を出すと回答したがデモ隊はさらに無料の「人民電車」を走らせろと約二時間にわたって要求を続け、ついに石橋〜大阪間二十円の割引き運賃で妥結し、大阪に向かった。すでに時計は午前三時を回っていた。

ところが、梅田に向かうはずの車中で、意外にも「吹田に向かう」と言う伝令が出されたのである。ここで初めて、この夜の行動の目的が明らかにされたのである。デモ隊は電車が服部駅構内に入ると同時に、いっせいに下車、そこに待機していたリーダーの指揮に従って、吹田を目指して夜の行進を開始した。

後で分かったことであるが、この時、大阪梅田駅には大阪警視庁の機動隊一個中隊、さらに曽根崎署から百名が出動して待ち構えていたが、完全に肩透かしを食ったということである。

さて、一方、朝鮮愛国青年同盟を中心とする革命軍本隊約三五〇人は人民電車部隊とは別に、午前零時過ぎ、ひそかに待兼山の集会場を出て、西国街道（国道一七一号）沿いの山道を吹田に向かって進軍していた。その時点では知る由もなかったが、学生を中心とする人民電車部隊は当局の注意をひきつけるための陽動作戦部隊であったことになる。

さらにもう一つ選抜隊員八人で近くの米軍「蛍ヶ池キャンプ」の鉄条網を破って放火する陽動作戦が計画されていたというが、さすがに、これは未遂に終わった。

午前四時過ぎ、星が落ちて東の空が明け始めた頃、デモ隊は今までの沈黙を破って太鼓を打ち鳴らし、「民族独立行動隊の歌」や「パルチザンの歌」を歌い始めた。

五時頃には、山越えの革命軍本体と山田村で合流、デモ隊は千人を超え、細い道を一列に延びる隊列と翻る赤旗、五角星旗（共和国の国旗）はみんなを奮い立たせた。

打ち鳴らす大太鼓に合わせて歌声が起こる。

民族の自由を守れ　決起せよ祖国の労働者　栄えある革命の伝統を守れ

血潮には正義の血潮を以てたたき出せ　民族の敵　国を売る犬どもを

進め　進め　団結固く　民族独立行動隊　前へ前へ進め

（きしあきら作詞・岡田和夫作曲）

日本人が「民族独立行動隊の歌」を歌えば、朝鮮人が済州島蜂起に思いをはせて「パルチザンの歌」を歌った。

五台山の峰から済州島まで　森の中を行き　山を越えて

祖国の自由を血で守る　われらは遊撃隊　朝鮮の息子

敵を求めて突き進む　人民の銃剣

（林和作詞）

このまま、吹田のアメリカ軍用列車を襲撃した場合に起こるであろう惨劇や逮捕、投獄、長い裁判闘争の苦しみと言った理性的判断は消えうせ、革命的興奮が隊列を支配していた。やがて、デモ隊は千里丘と岸部の間の産業道路に面した須佐之男命神社前で、初めて警官隊と接触する。警官隊の数は百数十人、竹やり、火炎ビンで武装した千数百のデモ隊と衝突して勝ち目はなく、簡単に突破されてしまった。

緒戦の勝利に意気上がるデモ隊は岸部駅南端から吹田操車場に突入した。

しかし、そこには目指す軍用列車の姿は無かった。そのため、デモ隊は操車場構内を約二十分ばかりジグザグデモをして作業を妨害しただけで構内を出て、産業道路を吹田駅方面にむかって行進した。この道筋で、派出所を次々と火炎瓶で襲撃、そして、吹田裁判で重要な争点となった「ウェポン車襲撃事件」が起こったのである。

茨木市警の警察官二八人をトラックの荷台のようなところに乗せた車が後方からデモ隊を追い越そうとして横をすり抜けようとしたとき、これに向かって火炎ビンの集中攻撃が行われた。数発が命中し、警察官十数名が火達磨になって車から転落した。車は速度を緩めたが、仲間を救出する事を諦めて走り去ってしまった。転落した警官を棍棒で叩き、拳銃を奪う者もあったが、激しい暴行を加えることを制止する声が上がり、生命にかかわる事件とならなかったのがせめてもの救いである。後に茨木市議会に報告された関本章警察長の報告ではこのときの警察官の被害は「全治三週間の者が三名。同二週間が六人。全治一週間が一八人と、ほぼ全員が火傷を負った。このうち四人が警察病院に入院、一一人が自宅療養。残る一二人が火傷をおして警察勤務についた。」というものであった。

こういう惨事を起こしたデモ隊の非は明らかであるが、同時に、ウェポン車によるデモ隊の追い越しを命じた吹田市警現場責任者の判断の誤りがあったと言わなければなるまい。また、デモ隊の後方には国警管区警察学校の生徒二個小隊が応援に駆けつけていたというが、茨木市警の警察官が被害にあっているのを為す所なく傍観し、救援行動をとらなかった。このことが後で問題となったというが、これらは現場の責任と言うよりは警察トップの基本方針の問題であったといわなければなるまい。千人を越す武装集団を取り締まるには警察官は量、質共にあまりにも貧弱であった。

さて、この後デモ隊は午前八時過ぎ、国鉄吹田駅に侵入し、通勤通学客で混雑する米原発大阪行きの列車に無札でなだれ込んだ。大阪駅前から御堂筋の無届デモを敢行し市民の中に紛れ込む作戦であったということである。しかし、急行した大阪警視庁機動隊が停車を命じ、デモ隊を逮捕しようとしたのでデモ隊は火炎ビンを投げて抵抗、これに対し、警官は拳銃を発射し、あたりは騒然となった。私は安と一緒に必死に逃げた。後方で足を撃たれて倒れる者、逮捕される者、列車から逃げ出す一般乗客もあってパニック状態であった。

無我夢中で乗り込んだ列車はやがて動き出し梅田に着いたが出口は警官が固めている。朝鮮人の多く住む鶴橋を目指し城東線ホームに向かったデモ隊は待ち構えていた警官隊に阻止され、新たな逮捕者が出た。そこで、仲間が通りがかった乗客に入場券を買ってもらい無事改札口を出ることが出来た。こうして、地下鉄で大国町にでた頃、私は猛烈な腹痛に襲われ歩くことが出来なくなった。安は疲労困憊していたにもかかわらず私を駅のベンチに寝かせ、車を呼び、阿倍野にあった大阪市立大学付属病院に緊急入院の手配をしてくれた。

診断の結果、急性虫垂炎と分かり、すぐ手術となった。保険証も、金もなかったが大学の組織を通じてうまく話を付けてくれたのである。彼は若狭小浜の家にも連絡したので、親父がお金を持ってきてくれた。親父には事の顚末は話さなかった。

このときの手術の痕跡は右下腹部にかすかに残っている。後で知ったが、その朝、大学の都風寮が警察の一斉捜索を受けた。当時、大阪府学連の委員長や大学細胞の幹部が在寮していたからである。

こうして、一兵卒として参加した私の吹田事件は終わったが、逮捕され、起訴された人たちの長い裁判闘争は二十年に及んだのである。

司法の独立は守られた

吹田事件の被告数は最終的には一一一名、うち朝鮮人は五〇人であった。起訴された罪状は騒擾罪である。騒擾罪とは自由民権運動を取り締まるために作られた罪名である。

旧くは自由民権運動の秩父事件、大正期では米騒動、戦後では四大騒擾事件（福島県・平ら事件、東京・メーデー事件、大阪・吹田事件、名古屋・大須事件）などに適用された。

吹田騒擾事件の裁判長には大阪地裁の佐々木哲蔵が当たった。この人は一九〇六年生まれ、一九三〇年東大法科卒、裁判官となって満州国に渡り、ハルビン高等法院の裁判官、新京法政大教授を歴任した。敗戦後、シベリヤに抑留されたが復員後大阪地裁に復職した。

まさに、人権の権化と呼ぶに相応しい人であった。この人の下で公判中、有名な吹田黙祷事件と言われる事件があった。吹田事件の翌年、一九五三年（昭和二八）朝鮮休戦協定が成立した。

その二日後の七月二九日、大阪地裁で吹田騒擾事件の公判が行われた。隊列を組んで入場してきた被告人のなかの一人の朝鮮人が立ち上がり、審理に先立って突然発言した。

「朝鮮戦争の休戦は、朝鮮民主主義人民共和国を中心とする世界平和勢力の勝利でありアメリカの戦争屋たちの敗北である。この勝利の歓喜を拍手すると共に、戦争犠牲者の霊に黙祷をささげたい」と叫んだのである。検事側は「裁判長、反対です。禁止して下さい」と言ったが、佐々木裁判長は「裁判所は禁止しません」と発言したので被告たちは起立、拍手、黙祷を行った。

これに対して衆議院の法務委員会が「法廷の権威を失墜させる行為である」として、裁判官訴追委員会を組織して佐々木裁判長を始め三人の裁判官に調査の呼び出しを行った。

これに対し、佐々木裁判長は「ことは、法廷の中の訴訟指揮権に属する事柄です。現に裁判が進行している最中に、外部から調査が行われることは、司法権の侵害です」と述べて呼び出しを毅然として拒否した。佐々木裁判長の心の中には被告に対する人間的同情があったのではないかと思われる。このため、好ましいことではないが、裁判所としては許可も禁止もしないという態度をとったのであろう。国会の訴追委員会は訴追猶予という結論を出さざるを得なくなり、黙祷事件はひとまず収まった。しかしその四年後、佐々木裁判長は辞任し弁護士となった。その間に受けた重圧の大きさが想像されるのである。

さて、吹田事件裁判は騒擾罪に当たるかどうかが争点となった。一九六三年（昭和三八）六月二二日、佐々木哲蔵の後を引き継いだ大阪地裁の今中五逸裁判長は、騒擾罪は成立しない、威力妨害罪、爆発物取締罰則違反も成立しない、但し、一部の被告のデモ中の行為は、暴力行為で有罪、殺人未遂罪は傷害罪に格下げという判決を行った。その結果、被告のうち一五名だけが懲役一〇ケ月から二ケ月の有罪となった。本件の暴力行為は一部の被告による偶発的行為であって、集団の共同意思に出たものとは認めがたいと言うのが判決理由であった。大阪地裁は吹田事件は朝鮮戦争に反対し、軍需列車に抗議するデモ行進であり、表現の自由に属すると認めたのである。大阪地検は騒擾罪被告を付和雷同組を除く中心人物にしぼって、大阪高裁に控訴した。

しかし、大阪高裁も一審判決を支持し、騒擾罪を認めず、威力業務妨害罪について控訴された四七人中、四六人について有罪を認めたのみであった。検察側は上告を断念、被告のうち五人が最高裁に上告したが、一九七二年（昭和四七年）三月一七日、最高裁はこれを棄却した。

こうして二〇年に及ぶ吹田事件裁判は勝利のうちに終わったが、被告の多くは、安定した職業につくことが出来ず、その後の人生に苦難をなめた。

吹田事件判決を振り返ると、現在の司法の反動化を、改めて、実感させられるのである。

吹田事件とは何だったのか

吹田事件は周到に準備された事件であったが、この計画は、日本共産党の分裂した一派、徳田球一ら極左冒険主義の方針を取った指導部によって進められたものである。

それを理解してもらうため、ここで、日本共産党のいわゆる五〇年問題について、若干の説明をしよう。

一九五〇年一月、コミンフォルムの機関紙（「恒久平和と人民民主主義のために」）に野坂参三ら日本共産党の指導部の理論に対する批判論文が掲載された。コミンフォルムとはソ連共産党とヨーロッパの共産党の連絡組織で、コミンテルン（一九一九〜四三）に代わるソ連共産党の上意下達機関の役割を持っていた。当時日本共産党の中には、アメリカ占領軍を解放軍と錯覚し、アメリカ占領下でも、平和的に革命が可能であると考える野坂参三に代表される理論があった。これは、アメリカ帝国主義を美化する、空想的、反社会主義的理論であると批判された。日本共産党の指導部は、これに反発する所感を発表した「所感派」と批判を受け入れるべきであるとした「国際派」に分裂した。この時点では、「所感派」は徳田球一、野坂参三らを中心に多数派を形成し、宮本顕治、志賀義雄らの「国際派」は少数派であった。多数派の「所感派」は、やがて、一転してコミンフォルム批判に盲従、極左冒険主義の軍事路線を取ることになる。四全協（日本共産党第四回全国協議会）でこの方針を決めると共に、在日朝鮮人を日本の中の少数民族であると位置づけた。これは、在日朝鮮人は外国人ではないということであり、日本の革命が成功しなければ彼らの要求も解決しないという考え方である。したがって、北朝鮮系の民族組織、民戦（在日朝鮮統一民主戦線）も日本共産党の民対（民族対策部）の指導を受けることとなった。

さらに、「所感派」は五全協で五一年綱領を採択、軍事路線を強化し、日本人側は「中核自衛隊」、朝鮮人側は民戦の非公然組織として「祖国防衛委員会」とその下部組織、祖防隊（祖国防衛隊）をつくり、パルチザン闘争を準備した。この路線に反対した志賀義男、宮本顕治ら七人の中央委員を党の指導部から排除した後、徳田球一ら所感派はアメリカ占領軍による逮捕を逃れるため北京に亡命、「北京機関」なるものを作って、日本に残した椎野悦郎、志田重男らを通してこの方針を実行させた。

この狭い島国で、中国人民革命軍の真似をして、ゲリラ戦をするとは正気の沙汰ではないが、大学の私の周辺でも、ある日突然、友人が中核自衛隊に参加するため姿を消すということが起こった。占領下でも平和革命が可能であると主張していた「所感派」が、一転して、暴力革命路線に変わった背景に、ソ連、中国共産党の干渉があった。スターリン、毛沢東は、朝鮮戦争の中で、米軍の最前線基地、日本国内の反米ゲリラ闘争を期待していた。

当時の日本共産党は、こうした外国の共産党の大国主義的な干渉をはねのけ、自主独立の方針を貫く、確固たる理論も政治的経験も持っていなかった。レッドパージ、指導部の追放、誤った路線転換が重なり、党勢の落ち込みは激しかった。三五人いた衆議院議員は、五二年の総選挙では、一人（大阪選出の川上寛一）、得票は三百万票から九〇万票に激減した。一九五三年（昭和二八）十月徳田球一は、亡命先の北京で病死した。

その後、日本共産党は五〇年以来の党指導部の分裂を克服し、一九五五（昭和三〇）年七月、六全協（第六回全国協議会）を開き、家父長的個人指導の誤りを正し、第一書記に野坂参三、常任幹事会の責任者に宮本顕治を選んだ。さらに、五五年綱領の誤りを正す努力の末、一九六〇年（昭和三五年）の第八回党大会で新しい綱領を採択して、発展の基礎を作った。ここでようやく、日本の現実に立脚した民主主義革命の理論と、外国の共産党の干渉を排除した自主独立の路線が確立した。

当面する日本の革命は社会主義革命ではなく、資本主義の枠内での民主主義的改良であること。その道筋は選挙によって議会に安定した多数を獲得することによって実現される議会制民主主義の路線であること。ソ連、中国など大国の共産党の干渉を排除して、自主独立の立場を貫き、日本の現実に合った変革を進めること。平和、民主主義、国民本位の経済政策、対米従属からの脱却などの目標で一致するすべての政治勢力と連立して政権を目指す事などである。

　こういうわけで、吹田事件の計画は正しい路線を確立する前の日本共産党の民族対策部が中心となって取り組んだものである。その中心に志田重男がいたと言われている。しかし、半年以上前から綿密に、計画されたというにしては、腑に落ちないことがあまりにも多いのである。
一、米軍用列車は午前四時頃までに操車場を出ることが、国労（国鉄労働組合）の仲間からの報告で分かっていたにもかかわらず、デモ隊の操車場襲撃時間を何故、午前八時過ぎに設定したのか。
二、中央委員会にスパイを送り込んでいた米軍、日本政府、治安当局がこの計画を察知していなかったとは到底、考えられないにもかかわらず、警備体制が手薄で、事実上、デモ隊の為すがままであったのは何故か。
三、日本人、朝鮮人を合わせて六千人以上を動員する計画があったといわれたが、千三百人ばかりになったのは何故か。
四、吹田駅で列車を止め、警察官を増員して包囲すれば、デモ隊を一網打尽にする可能性があったにもかかわらず、発車を認めたのは何故か。
　あれから半世紀を経た今、私はこんな疑問を持っている。吹田事件について日本共産党の徳田指導部と政府、警察との間に、何らかの取引があったのではないかと。取引とまでは言えないとしても、当局を安心させる何らかの信号が発せられていたのではないだろうか。

　ここで、大規模な武装闘争をすれば、組織が壊滅するのは、自明のことであり、竹槍と火炎ビンでアメリカ軍、警察と戦えるわけがない。徳田球一ら指導部はスターリン、毛沢東の干渉を断り切れず、不承不承、戦いの擬態を演じて見せたのではないかと。

　警備体制の不備の原因を、当時の国家警察、大阪警視庁、自治体警察の三本立て組織の連絡体制の悪さだけに求めるのには無理がある。

　あれから半世紀、極左冒険主義の誤った闘争として、正史から抹殺され、多くの人の人生を狂わせた吹田事件であったが、参加した者たちにとっては、生涯忘れる事の出来ない青春の記憶である。それは純粋な魂の燃焼であった。

友人の安はその後、京都大学経済学部の大学院に進み、民族差別の少ない研究者の道を目指したが、長年の無理がたたって、肺結核を患い、若い命を失った。

その頃の仲間も、党本部専従となったが極左冒険主義の路線に従って党を離れた者、大手の企業の役員に変身した者など、様々である。

私は故郷に帰り、教員をしたが、前記の党の路線の誤り、分裂で、日本の民主的変革の運動に展望を失っていた。その上、検診で肺結核と分かり、直ちに休職となったが、アメリカで発明されたばかりの特効薬ストレプトマイシン、パスのおかげて手術をせずに完治した。

その後私は勤評闘争、三井三池闘争、安保闘争を経て、一九六〇年の新しい路線の確立に励まされ、ふたたび、運動の隊列に復帰した。

六〇年台から八〇年台は栄光と挫折の三〇年であった。経済の高度成長、物質的豊かさの実現、戦後民主主義の枠組みの成立という栄光は日本の労働者階級の栄光でもあったが、これは一九八九年のバブル崩壊を期に大きく変わり始めた。

ソ連、東欧の社会主義体制の崩壊、アメリカの一極支配、グローバリズムと称する国際競争の激化、不況の長期化と競争力のない企業の淘汰、労働組合と革新政党の弱体化などが始まった。私の人生の最も活動的であったこの時代のことは、別の機会に書いてみたいと思っている。

東アジア共同体の夢

そして今、齢七〇にして、社会主義の夢は虹の彼方である。しかし、当面の日本の資本主義の未来については、様々に思い描いている。

国の政治も、自治体の行政も、上命下達の体制を改め、下からの民主主義を進める方向に、逆流はあっても、歩み始めるだろう。企業も、軍需産業や公共事業に依存する企業は別として、国から自立して、自由な競争条件の中で生き残る方向に向かっている。ただ、労働組合が死んだので、リストラによる人減らしや非正規雇用の増大など、労働者への一方的シワ寄せが進んでいる。勝ち組、負け組みという情けない言葉がはやり、格差が広がっている。福祉国家という理想を掲げて作り上げてきた年金、医療などの諸制度も危ない。

こうした国民の生活不安と苛立ちが偏狭なナショナリズムと右傾化の原因となっている。

日本が小さくなったパイを奪い合う袋小路から抜け出すにはどうしたらいいのか。

そのためには、日本がアメリカとの関係を従属から対等平等のものに改め、軸足をアジアに置いて、中、朝、台と共に東アジア共同体を構築することが必要である。東アジア共同体プラスＡＳＥＡＮ諸国の結び付きに二一世紀の日本の新しい発展の条件があると考える人はおそらく、日本の多数派を構成するようになるであろう。しかし、アメリカの反対をはねのけ、アジア諸国の中の対立や違いを調整しながら、この大事業を成し遂げるためには、構想を推進する強力な政党が必要である。

アジア諸国と共通の歴史認識を持ち、かっての、大東亜共栄圏とは根本的に違う構想を提起し得る政党は日本共産党であると思うが、現状はあまりにも弱小勢力である。現実的な綱領と自主独立の路線を持ち、さらに当面の安保条約、日米関係、自衛隊、象徴天皇制についても国民の合意を尊重しながら対応すると言う究極の国民政党路線になったが支持は伸びていない。

その原因は何か。

戦争責任を曖昧にしたまま戦前戦中の旧支配層を温存し利用して行われたアメリカの占領統治、歴史の中で形成された日本人とその社会の体制順応性、経済成長がもたらした豊かさの中で育まれた保守意識、戦後の圧倒的なアメリカ支配によって作られた反共の枠組、歴史と社会を見る目を育てない教育、批判精神を失い政府の公報機関化するマスメディア、弱体化した労働組合と資本の論理が支配する労働現場など、様々の要因がある。また、国民の目に映る党の体質や党員の資質など論点は多岐に渉るので、ここで簡単に論ずることは出来ない。

別の機会に私見を纏めてみたいと思っている。

ここでは、昨年亡くなったロンドン大学名誉教授・森嶋通夫氏の『日本にできることは何か』（岩波書店）の中から日本共産党に関する部分を紹介するだけにしたいと思う。

「そのことは前述の中国のトップの政治家と日本の政治家を比較すればはっきりする。日本の政治家の多くは政治家の親から地盤を受け継いだ坊ちゃん達である。彼らには学生時代に精魂をぶち込んで没頭したという学問がない。したがって論理的に物事を追求する能力が備わっていない。なるほどスポーツに没頭しました、趣味を伸ばすためのクラブ活動の中心人物でありましたという人はいるかもしれない。しかしそういう人は人の気持ちを理解しえても、論理的に思考する能力を持っているとはいえないから、政治家としては欠陥品である。派閥争いをしたり、総理を選ぶのに派閥を連合させるのに長じているのは、イギリスで言えば二五〇年前の名望家政治の時代の術策である。こういう政治集団では中国の政治家に絶対に対抗できない。イギリスでは名望家政治の害悪を一掃するために、政策集団としての政党を作り、各政党の政策を国民に選ばせる選挙政治を確立した。日本では、例外である共産党を除けば、政党は党員が合意した政策を国民に提示して選挙に臨む政策集団に、決してなっていない。

選挙に公約というものがあるならば、その大部分は利権を地元に持ってきますという類のものである。まず日本がしなければならぬことは官庁の行政改革では決してなく、それは政界の改革、すなわち二世議員と言う政治家の条件を満たさない名望家を政界から追放することである。しかしこのことを政治家にまかせているならば、多くの政治家は自分自身が壊滅するようなことはしたくないから、改革はほとんど絶望的である。

日本共産党がヨーロッパ的であるのは当然である。マルクスの共産主義思想はヨーロッパの思想の一つだから、党の構成もヨーロッパ的である。しかし、他の日本の党はガタガタで、近代性をまったく欠いているのだから、ここしばらくは日本共産党は共産主義の党としてではなく、日本を代表する党として活躍しなければならない。共産党は日本の国民政党になるべきだ。

国民の中には共産主義に反対の人も大勢いる。共産党はそれらの人をも満足さすように日本の政治を変えていかねばならない。このような理由で共産党は少なくともしばらくの間は、共産主義を標榜せず、党名からも共産を下ろすべきである。そのほうが彼らも党勢を拡大させやすいであろう。それだけではなく、マルクスもエンゲルスもレーニンも『そうだ、近代化が先だ。名望家が支配している社会に共産主義を導入してどうなるのだ』と言うことは確実である。彼らの書物や論文を読めば明らかだ。

帆船は風がなければ動かない。順風であろうと、逆風であろうと、風さえあれば、速力は遅くとも、前に進むことが出来る。しかし無風状態では帆船は動かない。社会に風を起こす―ニューアイディアをつくりだす―のは政治家の仕事である。日本の保守系の政治家にはその力は全くない。それだから、わたし自身はラディカル・リベラルであるにもかかわらず、日本では共産党に期待しているのだ。共産党が国民政党に成長して、東アジアの諸国と交渉し、経済共同体をまとめ上げるならば、再びこの地域に動きが現れる可能性は充分ある。このような共産党は共産主義の政党ではないことを忘れてはならない。それは話の分かった自由な個人の自由主義のための政党である。」

今年は戦後六〇年、還暦の年である。若い人が自分に合った仕事と未来への夢を持てる社会への元年にしたいものである。豊かで、知的水準が高く、活力に富み、武力に訴えない平和主義で国際社会の中で存在感を発揮する日本である。

二〇〇五年一月一一日

福井詩人会議「水脈」三一号

〈参考文献〉
真継伸彦『青空』毎日新聞社　一九八三年
西村秀樹『大阪で闘った朝鮮戦争　吹田枚方事件の青春群像』岩波書店　二〇〇四年
小辻幸雄『ある戦後史　中野鈴子とその周辺』しんふくい出版　一九九七年
稲木信夫『詩人中野鈴子の生涯』光和堂　一九九七年
日下新介『青春　秩父困民党・井上伝蔵の足跡に重ねて』コロポックル舎　二〇〇〇年
森嶋通夫『日本にできることは何か　東アジア共同体を提案する』岩波書店　二〇〇一年
森嶋通夫『なぜ日本は行き詰まったか』岩波書店　二〇〇四年
日本共産党『日本共産党の六〇年　上・下』新日本文庫　一九八三年

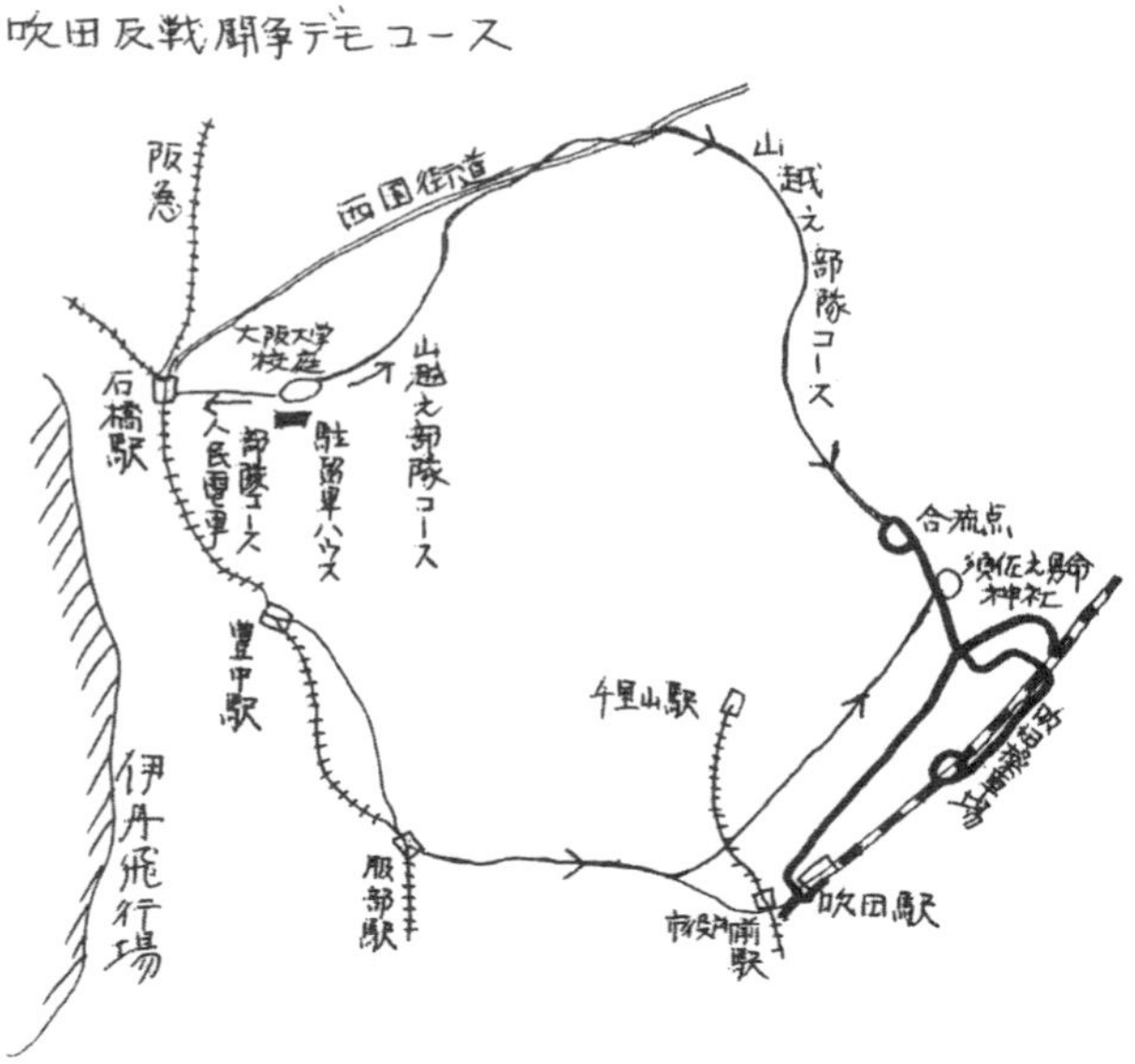

資料編

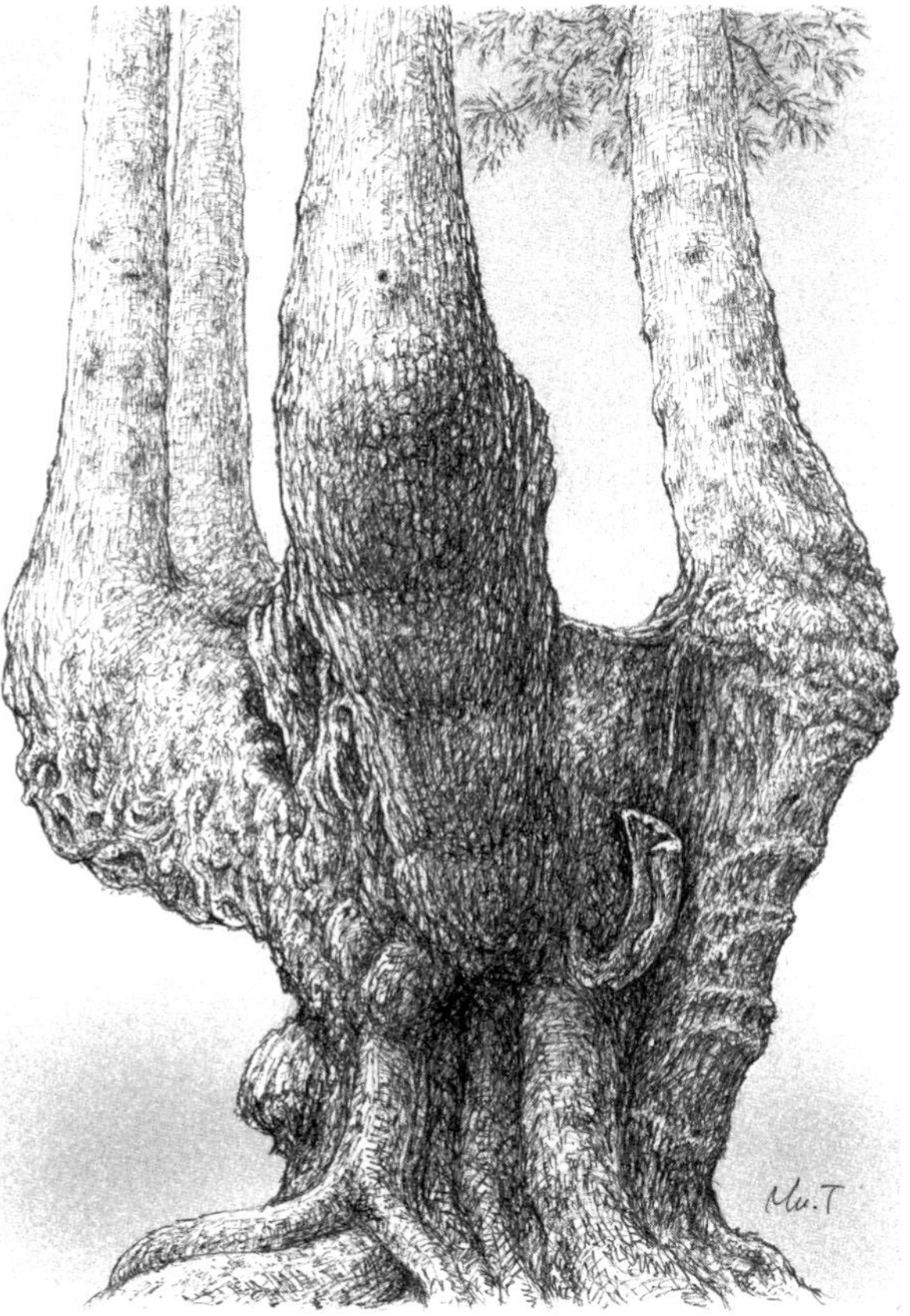

戦争法案に反対する退職教職員アピール賛同者のつどい

逝いて還らぬ教え子よ
私の手は血まみれだ！
君を縊ったその綱の
端を私も持っていた
しかも人の子の師の名において
「お互いにだまされていた」の
言い訳がなんでできよう

（中略）

今ぞ私は汚濁の手をすすぎ
涙をはらって君の墓前に誓う
「繰り返さぬぞ絶対に！」

竹本源治の詩を冒頭に掲げた訴えに
瞬く間に五五〇人を超える賛同の声が上がる
切実な思いを添えて

父と二人の叔父を時の政権と大本営に殺された。
戦争を知らない為政者の定める戦争法案を廃案にし
　てほしい
安倍を引きずり下ろしてもらいたい。
哀れな遺族は次々に姿を消していきます。
大本営と軍管区の嘘を恨みながら…！

勤労動員で福井空襲に遭い
一級下の人が月見町の大和紡績で亡くなりました。
義勇軍で満州に行った少年も行方知れず。
これを書きながら涙が流れています。

どうしてこのような者を総理大臣にしたのか
教員として自己嫌悪に陥ります
闘う高教組はどこへ行ったのかと
電話したこともありました

このような場を設けてくださった方々に
感謝いたします。
一人ではなかなか行動が取れません
空には空軍NO！
鳥が飛んでいればよい
陸には陸軍NO！動物がいればよい
海には海軍NO！魚がいればよい
この言葉を軍隊を持たない国コスタリカで知りました

皇軍百万何を守りしか
公明党は平和の党だと思っていたが戦争の党だったのか

私は今世紀に入って、アラブ各国に五回行っています。
どの国でも日本は世界で唯一戦争をしない国ですねと語りかけられます。
だから日本はテロの対象になってこなかった。

安倍政権は世界に通じる「不戦のブランド」をかなぐり捨てて
日本に対するテロの導火線に点火した。

何かしなければいけない気持ちに駆られていましたので
呼び掛け嬉しく思います。
廃案、安倍辞任にまでもっていきたいと思いますので
強力な反対行動がみんなの力でできればと思います

八月一八日、教育センター大ホールは熱気に包まれた
発起人代表　竹内謙二さんが挨拶
戦後民主主義を敵視し
戦前の国家主義に回帰しようとする
安倍極右政権の狙いを告発
ホルムズ海峡が封鎖されても
石油危機に陥ることはない

豊富な地政学的知識をもとに
情熱をこめて安倍首相の嘘を批判した
呼びかけ人代表　橘弥代治さん

「安全保障法案はなぜ戦争法案なのか」
高校で習った先生を前に講演するのは照れ臭いと
笑わせながら法案の解説をしてくれた茂呂信吾弁護士

船岡登志郎さんのギター伴奏で
境井ひろこさんが歌う「さとうきび畑」「花みずき」
いつもに増して情感こもる熱唱に目頭が熱くなる

陸軍の学校で敗戦を迎え
焼け野原の福井で青春を過ごし
教育と組合運動、地域の大衆運動に奔走し
老いてままならぬ体ではあるが
黙っては居られなくて参加したという
坪田嘉奈弥さんの姿が忘れられない

締めくくりは、この取り組みの大黒柱
金森洋司さんの今後の活動についての提案
現職教職員にアピール文と賛同者名を届ける
それぞれの地域で賛同者を増やす
衆参両院と福井県選出国会議員にアピール文を届ける
今後も情勢に合わせて息の長い闘いを進める事を決議

教え子を戦場に送らないと書いたプラカードを掲げ
シュプレヒコールが会場に響いた

二〇一五年八月一八日
福井市教育センターホールにて

菅原克己の魅力

年とともに、やさしい抒情詩人・菅原克己に魅かれている。

この人の人生は、そのまま詩であったと言えるだろう。やさしくて、不思議で、寂しそうで、陽気で、貧乏で、酒と平凡な日常を愛した詩人の人生は波乱に満ちていた。

明治四四（一九一一）年、謹厳な教育者の父と裕福な呉服問屋の長女である母の間に生まれた菅原克己は、大らかで天真爛漫の気質を持ち、文学と美術、音楽の才に恵まれた人だった。純で大らかな気質の故に、師範学校ではストライキに参加して退学処分を受けた。美術学校は結核療養のため中途退学。党籍も無いのに非合法下の日本共産党の機関紙「赤旗」のプリンターを務めたり、袴田里見（共産党幹部）夫妻を自宅に匿ったりして、治安維持法違反で逮捕、拘留された。釈放後も特高警察の監視付で敗戦を迎える。

戦後、詩人として出発すると共に日本共産党に入党したが、昭和三六（一九六一）年、関根弘、武井昭夫、大西巨人、針生一郎、阿部公房らが除名処分となった際、菅原も正式な除名処分のないまま、事実上の除籍となる。中野重治、佐多稲子、野間宏、長谷川四郎、秋山清、岡本潤、安東次男、長谷川龍生などと親しかった。この背景には、スターリン、毛沢東の干渉を排して、日本の現実に合った自主独立の路線を取り始めた日本共産党とソ連、中国の政策を支持する路線の対立があった。

菅原克己の「やさしいプロ派」と言う詩はこの間の、政治に翻弄された悲哀を詩っている。

「やさしいプロ派よ。どんなにしても／気持ちの投網しか打てなかった／マルキストよ。／それをちがうと／誰が難くせつけるのか。／かんべんしてくれ、／世間万事、／方針どおり／うまい具合には行きはしない」

彼は最も影響を受けた詩人として室生犀星を挙げている。二十代の初め、室生の「愛の詩集」を読んで、電気に打たれたような衝撃を受けたと語っている。そして、「平凡な日常の言葉を使って、かえって真実の美しさを告げているものが室生の詩にはあった。普段着のような日常語に対する確信が、その後の僕の詩を決定した。室生の詩は人生に対するつつましい精神の在り方を教えてくれる」と言っている。

そして、その言葉通りの抒情詩やメルヘン風の幻想的な詩を書いた。

「事大主義、深刻、見せかけ、尊大、それらがいちばん嫌いだったので、ぼくは詩人になったようなものだ」とも言っている。

最後に菅原が特高の監視下に逼塞していたころの詩の一節を引用しよう。

蟋蟀

夜のおくの方で

夜のおくの方で／また、ゆうべのおさらいが始まった。／あんまりあたりが静かなので、／蟋蟀はとくいそうに／いちだんと声をはりあげる。

秋のほかは

水銀がふるえるように／お前の声がふるえる。／ともしびがまたたく。／屋根の上をしぐれが／ひっそり通ってゆく。／またお前の声がふるえる。／お前のほかは／だれもこの部屋にいない。

よなべ

ほら、蟋蟀の妻の、／さびしいミシンの音がはじまった。／秋がくれた夜なべしごと。／つかれた妻はもうねむそうだ。／とぎれとぎれにミシンを動かす。／るるる……るるる……。

時間

いつか、その短い生涯も老いてしまって、／時計の針のように／蟋蟀は自分の時をきざんでいる。

無限

ロビンソン・クルーソーには家来があり、／ガリバーにはふるさとがあった。／どんな所に行っても／人には世の中がある。／秋が終ると／お前はどこに出かけて行くのか、／部屋のすみの蟋蟀よ。

菅原克己の詩の真実

中林千代子

浅学にして私はこの詩人をよく知らなかったのですが、この日恋坂先生の導きで、新たな詩の世界に誘われました。作品をいくつか読ませてもらううちに、何ともいえない品性と純粋な思いが伝わってきました。詩人はこうでなくちゃ、と思われました。でもなかなかこういう生き方ができないから、憧れるんですね。

「奇襲のないことによって不意打ちをくわえる」という絶妙な評がありました、優れた詩は、日常の言葉で、ささいなことを書きながら、詩人の全生活をかけて真実を書こうとする情熱がこもっていて、読む人の心を打つのだと思いました。しかしながら、「冷えた心」が誰にもあるのではないでしょうか。一面には冷静な眼がないと書けませんが、心が冷めていたら、薄っぺらになってしまいます。年をとったら冷めるのはしかたがない、とは言い訳で、若い頃の熱情とはちがう、芯のある強い思いを持ち続け成長させる人もいます。このような人の言葉に耳を傾けることで、私は生きることが嬉しくなります。

「蟋蟀」の連詩がよかったです。「夜のおくの方で／また、ゆうべのおさらいが始まった。／あんまりあたりが静かなので、／蟋蟀はとくいそうに／いちだんと声をはりあげる。」こんなふうにやさしく私は書けません。連詩の最後は「（よなべ）ほら、蟋蟀の妻の、／さびしいミシンの音がはじまった。／秋がくれた夜なべしごと。／つかれた妻はもうねむそうだ。／とぎれとぎれにミシンを動かす。／るるる……るるるる……。」まさに深刻に構えないけれど、全生活がにじみでています。それから、「朝がくると／ぼくも朝。／光の箒が／空間を一転して／ぼくを追い出した。」で始まる「朝」も印象的でした。「子供らがならんで来る、／小さい脛が翅のように光って。／／空気はオパール色のドウム。／地上はゆれる一枚の板。／／子供らは身をひるがえし、／身をひるがえして、／素早くぼくを駈けぬける。／

朝へ。／ぼくのうしろへ。／ぼくが出て来たために戻れないでいる／すぐそばの、過去へ！」普段の経験と観察からこんなすばらしい表現が生まれるのですね。

恋坂先生（私の高校時代の恩師です）も、イデオロギーにささえられた、熱い詩を書いておられます。やさしさも共通点があると思います。今日また、詩の真実を教えていただいて、感謝します。適切な資料をたくさん用意してくださったので、菅原克己という詩人を好きになりました。今回参加できなかった人は大損しましたね。

解説

若狭と越前への愛に満ちた詩篇
――恋坂通夫詩集『欠席届』に寄せて

鈴木比佐雄

福井県永平寺町に暮らしていた恋坂通夫氏が二〇一九年に他界された。その恋坂氏の詩集『欠席届』が刊行された。妻で詩人の赤木比佐江氏から、生前に未刊の詩篇や既刊の詩集からも選んだ代表的な詩篇を収めた詩集をまとめたいとの恋坂氏の遺言ともいえる言葉があったとお聞きした。編集上においても、社会的な主張や批判精神のある詩篇を残してほしいとも言われたそうだ。この度、そのような思いを汲み取って編集された詩集が刊行された。

本詩集には、四章に分けられた四十八篇の詩篇、その他に証言集の一編、資料編として三編、解説文などが収録されていて、恋坂氏という詩人の全体像が立ち現れてくる編集になっている。

恋坂氏の詩的言葉の特徴は、福井県の若狭や越前の自然から立ち上る生命力や家族への愛や友人たちへの友愛などが、魅力的に詩行から湧き上がってくる人間愛に満ちていることだ。また故郷の一部の人びとの権力に迎合する姿勢に対する批判、それとは真逆な人びとへの尊敬と共感、さらにこの社会や世界の不条理や理不尽さへの怒りなどを自らの志として表現しようとしてきたことだ。その際に包み隠さずに誠実に他者や事物との関係性の真実を書こうとしていることは、恋坂氏が真に自由な精神の持ち主であったことを明らかにしている。

Ⅰ章十二篇は故郷・福井県の自然・文化・歴史について自らの暮らしを見詰めながら掘り下げて

いく詩篇群であるだろう。冒頭の詩「命輝く季節」では、一連目で「志比谷《しいだに》の六月／花の香と若葉の精が溢れ／命が輝く」と言い、恋坂氏は「志比谷の六月」の花や葉から「命が輝く」さまを感受する。二連目では「カラスのあ太郎、ミソサザイ、雀、土鳩」たちが立ち現れて、中には「蜥蜴が愛の交換をしている」こともある。三連目では「植えたばかりの水田」や「にんにく、玉ねぎの収穫が終わり」、茄子、胡瓜、トマト、ピーマン、豌豆、人参、黒瓜、南瓜を「かみさんが育てている」という。四連目では「夜の永平寺川は蛍の群舞」であり、屋敷は「子カエルの楽園になる」らしい。五連目と最後の六連目を引用する。

《六月、人の命も輝く／花鳥風月を愛でながら／詩を作るよりも田を作る方が／よほど楽しい／腹の足しにもなる／／嬉しいとき、悲しいとき／よほど、腹の立つとき／思いを込めて詩を書こう》

越前の志比谷の田畑は無農薬に近いのだろうか。蛍や蛙の楽園であるには、蛍の光と蛙の鳴き声を慈しむ地域の人びとがいて六月の頃に農薬を散布しない合意が出来ていなければならないだろう。恋坂氏は教員をやめた後には農業を中心にして生きていたのであるが、けれども詩を書かざるを得なかった。それは「嬉しいとき、悲しいとき、余程腹の立つとき」だという。里山の美しい光景を愛でると同時に、恋坂氏がなぜ詩を書く根拠として胸に秘めた「喜びや悲しみや怒り」という純粋で本来的な感情を大切にしているかがこの一篇から理解できる。

二篇目の詩「若狭の人」を三篇目の詩「分かされのくに」を読むと、恋坂氏は福井県南部の小浜市の口名田村に生まれたことで、その地に生きた二人の人物、古河力作と水上勉を畏敬し影響を受けていることが分かる。「若狭の人」を前半の三連を引用する。

《佐分利川《さぶりがわ》の流れる若狭大飯町／水上勉《みずかみつとむ》さんの故郷／南川が谷間を流れる名田の庄／川口の雲浜は古河力作《ふるかわりきさく》さんの故郷／／勉さんは苦労の末作家となり／「西津の主義者」古河力作は／大逆事件

で幸徳秋水と共に処刑された／勉さんは哀悼の思いを込めて力作さんの伝記を書いた／／力作さんは青井岬の六呂谷／歓喜山妙徳寺に眠っている／墓はいらぬと言い残して処刑された／この人を知る人は少ない》

恋坂氏は一九一一年の大逆事件で処刑された一二名の一人であった古河力作とその伝記を書いて古河を後世に伝えた水上勉の二人を忘れてはならない「若狭の人」としてこの詩を書いた。恋坂氏は大逆事件によって聖域化した天皇制がその後にどんな悲劇をもたらしたかを問い続けていて、国家が天皇の名を借りて民衆よりも国家の目先の利益を優先するために、民衆の命を消費してもいいという確信犯的な国家主義に変貌する恐怖感を、古河力作と水上勉を通して想起させている。後半部分も引用する。

《青井の山から大飯原発が見える／力作さんは涙を流している／悪魔の火を持ち込んだ者と／受け入れてしまった人たちに／／勉さんの故郷若狭大飯町と／名田の庄は平成の大合併で／山を隔てた背中合わせに／一つの大飯町になった／／札束と甘言と権力で／弱者を支配する者を憎んだ／勉さんと力作さんの魂は／中嶌哲演《なかじまてつえん》さんに乗り移り／若狭の人たちを揺り動かしている》

国家・行政・原発メーカーが恋坂氏の生まれた口名田村を含んだ大飯町に関西電力大飯原発を稼働させて、当初から僧侶の中嶌哲演氏たちの反対運動を黙殺し、四十年を超えた今も老朽化した原発三号機を再稼働させている。そのことに対して力作さんと勉さんは「涙を流している」と恋坂氏は痛みのように感受するのだ。この三名の「若狭の人」の先駆的な人物たちを恋坂氏はこの詩によって伝えてくれている。

詩「分かされのくに」の冒頭の二連では、次のように恋坂氏は語る。

《巡査と役人と先生は越前からやってくる／昔から、若狭の人はそう言ってきた／／今では、日本中の原発が若狭にやってくる／若狭の人は、小声で、つぶやくように洩らすのだ／貧しさの故に、原発に身売りして／苦界に身を沈めてしまった悲しみと／それをとどめる知事を持てなかった悲しみを》

恋坂氏は、その「貧しさの故に、原発に身売りして／苦界に身を沈めてしまった悲しみ」を抱え込んでいる。そして「原発に身売りした若狭の人びと」に対して、「若狭は、昔も今も寂しいのだ／越前に住んで、老年を迎えた／分かされのくにの分かされの子は／そう思っている」と、いかに原発で潤っても、それで若狭は本当に幸せなのか、と問うているかのようだ。若狭という「分かされのくに」は本来的なものや大事なものから分離されて、長いものにまかれて現実の利益を優先させた結果、恐ろしい「原発銀座」を築いてしまった。このことを恋坂氏は、歴史的な事実として内側から書き記している。恋坂氏は若狭を離れて越前に住み着き、そこに暮らしたが、決して「若狭の人」を捨てることなく、その「喜び、悲しみ、寂しさ」などを記そうとしてきたのだろう。

その他の詩「蛍川」、「越前」、「天の声」、「いのち」、「五月」、「空梅雨」、「花の記憶」、「彼岸花」、「日本の猫」などは、越前の永平寺町での晩年の家族との暮らしと友人たちとの「喜びや悲しみ」を抱えた交流を繊細に描いている。

Ⅱ章十三篇では、どちらかと言うと「怒りを感じた」社会性を描いたものが収録されている。冒頭の詩「夏座敷」では、俳句四句を詠んでその解説的な詩行を続けている。三句目を引用してみる。《腹出して兜太秩父の地に還る／／硬骨の俳人・金子兜太逝く／アメリカの潜水艦に沈められた／日本の輸送船に集まる無数の青鮫／若き日の過酷な体験を語り／護憲を貫いた人だった》

このように恋坂氏は、金子兜太のように生涯にわたり戦争体験を我が身に背負って生き抜き表現し続けた俳句作家に敬意を抱き、哀悼を込めて追悼句を記した。兜太の護憲の精神を恋坂氏も生涯貫いたことは次の詩「国体」を読めば明らかだ。

《我が国は万世一系の天皇が／現御神《あきつみかみ》として永遠に統治される国です／わが国体は外国とは違って／天皇を戴く一大家族国家です／億兆心を一にして／忠孝の美徳を発揮しなければなりません／／僕は、早く大きくなって／兵隊さんになって／お国のために尽くしますと／作文を書いていた／国民学校六年生の時／日本は戦争に負けたので／僕は死なずに済んだ／／騙した者も騙された者も／時局に悪乗りした者も／戦後は戦争だけは御免だと言っていた／民主主義の日本になって／神様ではなくなった天皇は／国民のために祈り、寄り添う／象徴天皇像を作り上げた／おかげで、君民一体の／「草の根の天皇制」が甦った／／福井国体に皇族が相次ぎ来県／役場から歓迎のお達しが来た／但し、二階以上の高い所からは／歓迎を慎むようにと書いてある／転落等の危険があるのでと／姑息な言い訳が添えられていた／現代版「神の国」を遺して／僕と同い年の平成天皇は退位する》

恋坂氏の誠実なところは、国民学校六年生の十二歳の頃に、「僕は、早く大きくなって／兵隊さんになって／お国のために尽くします」と作文に記したことを心に刻んで反面教師としていることだ。そして、国家主義が少年たちを洗脳する教育の恐ろしさについて、身を以て体験したことへの痛みを抉り出していることだろう。この詩は恋坂氏の後世への遺言だと思われる。「国民のために祈り、寄り添う」という「草の根天皇制」が「平成天皇」によって一見して甦ったかもしれないが、恋坂氏は《現代版「神の国」を遺して／僕と同い年の平成天皇は退位する》と「神の国」が再び到来する危険性を予見しているかのようだ。それは天皇制を利用する歴史が続いてきたからだろう。

Ⅲ章十二篇では教師時代の関係者や地域の友人たち、高齢結婚を祝う詩など友愛に満ちた詩篇が記されている。Ⅳ章十一篇は、再婚をした妻との暮らしや闘病生活から亡くなるまでのことを記した詩篇群だ。その中でも最も心に残った詩「雪が降る」を引用したい。恋坂氏の妻への愛とそれに寄り添う瞬間を永遠に刻んだような抒情詩の秀作だと思われる。

《雪が降る／あなたは雪をかく／手伝いをしないで／僕は新聞を読んでいる／／雪が降る／あなたは食事のしたく／僕は布団の中で／まな板の音を聞いている／／雪が降る／あなたは僕を呼ぶ／ご飯ですよ／僕は熱い味噌汁を飲む／／雪が降る／あなたはものを言わない／じっと指を眺めている／僕はただならぬ気配におびえる／／雪が降る／あなたはつぶやく／友達も仲間もいなくなって／つまらないと／／雪が降る／あなたは静かに止めをさす／この村は寒い狭いうるさい／おまけにあなたは身勝手だ／／雪が降る／僕はあわてて雪をかく／茶碗を洗う／あなたは追い討ちをかけない／／雪が降って命は輝く／やがて、雪が溶け／村は緑で溢れ／蛙の合唱に包まれるだろう》

「あなたは追い討ちをかけない」という言葉は夫婦の愛の言葉として多くの読者の心に伝わっていくだろう。

最後に詩集の後に続く「証言　吹田事件　――朝鮮戦争に反対した大阪の闘い」は、恋坂氏の原点を辿る意味と同時に朝鮮戦争に反対した当時の若者たちが、政治に翻弄された実相を当事者の一人である恋坂氏によって記された貴重な証言集だ。その事実を踏まえた恋坂氏の見解も最後に記されている。詩集『欠席届』と証言集が若狭と越前を愛する多くの人びとの心に届くことを願っている。

空いている椅子――あとがきに代えて

恋坂通夫さんが亡くなって一年半たちました。皆様には本当にお世話になりました。心より感謝いたします。まだその辺からふいに現れるような気がすることがあります。だんだんに慣れてくるしかないと、言われますが家の中にも空いている椅子があり、心の中にもぽっかりと空いているところができてしまったようです。詩集を出してと言われていたのですが、今になってしまいました。福井詩人会議「水脈」、同人誌「炎樹」「電通文芸同好会」の作品を集めました。また福井詩人懇話会会報より載せさせていただきました。

退職してから東古市から永平寺までの「えちぜん鉄道廃線跡地を守る会」の会長として地元の町会議員上田誠さん、老舗のお蕎麦屋さんりゅうぜんのご主人などと力を合わせて廃線跡地が分断されないように守ってきました。熊野古道のようになったらいいねなどと言いながら、返還された土地を売りたい人を説得し、皆さんの協力を得て残すことができました。今では町の予算もついて散歩コースや自動運転の車が通り、永平寺町の観光の一つとなっています。また安保法制という名の戦争法案に反対し退職教職員の会をつくり、「教え子を再び戦場に送らない」運動や永平寺九条の会など心から平和を願い続けて来ました。

コールサック社の鈴木比佐雄さんには編集と解説文を書いていただき、大変お世話になり有難うございます。

挿絵は田中宗岳さん、表紙絵は竹内謙二先生の絵を使わせていただきました。心よりお礼申し上げます。誰もいない椅子に遊び疲れて恋坂さんが坐りに来てくれるかもしれないことを願って詩集『欠席届』を出版いたします。

二〇二一年八月十五日

赤木比佐江

著者略歴
恋坂通夫（こいさか　みちお）　本名：辻健隆

1933 年　福井市小浜市（遠敷郡口名田村）生まれ
1956 年から 1994 年まで福井県の高等学校に勤務
　この間、教職員組合運動に携わる
1994 年　定年退職を機に福井市で喫茶店「パウリスタ」を自営
2000 年　詩集『梟の詩』（近代文芸社）刊行
2015 年　詩集『花は咲くことのみ思い』（詩人会議出版）刊行
2019 年 11 月 10 日　逝去
詩人会議、福井詩人会議・水脈、炎樹の会、電通文芸同好会、
福井県詩人懇話会　各会員

著作権継承者：赤木比佐江
住所　〒 910-1225　福井県吉田郡永平寺町京善 11-27 辻方

石炭袋

詩集　欠席届

2021 年 10 月 28 日初版発行

著者　恋坂通夫（著作権継承者　赤木比佐江）
編集　鈴木比佐雄、赤木比佐江
発行者　鈴木比佐雄
発行所　株式会社 コールサック社
〒 173-0004　東京都板橋区板橋 2-63-4-209
電話 03-5944-3258　FAX 03-5944-3238
suzuki@coal-sack.com　http://www.coal-sack.com
郵便振替　00180-4-741802
印刷管理　（株）コールサック社　製作部

＊装画　竹内謙二　＊挿画　田中宗岳　＊装幀　松本菜央

落丁本・乱丁本はお取り替えいたします。
ISBN978-4-86435-493-6　C0092　￥1800E